Das Schattenreich der Vampire

Bella Forrest

Englischer Originaltitel: »A Shade of Vampire«
Deutsche Übersetzung Daniela Mansfield 2015

Contents

Prolog: Sofia

Ich hatte immer Angst vor den Nächten, in denen mein Vater die Stadt verlassen musste. Sie bedeuteten, dass ich mit Camilla allein sein würde.

Meine Freunde haben nie verstanden, warum ich Angst vor ihr hatte. Das hätte ich auch nicht von ihnen erwartet. Sie sahen immer nur die Seite von Camilla, die auch mein Vater sah. Eine pflichtbewusste Hausfrau, die ihre einzige Tochter anbetete.

Sie wussten nicht, dass sich eine andere Frau offenbarte, wenn im Haus außer ihrem und meinem Atmen nur noch Stille zu hören war.

Die früheste Erinnerung, die ich an sie hatte, war ein

grünes Auge, das mich durch ein Schlüsselloch hindurch anschaute. Ihr kastanienbrauner Pony berührte ihre Wimpern, als sie mich ohne zu blinzeln anstarrte. Sie schwieg, als es mein einziger Wunsch gewesen wäre, sie sprechen zu hören. Mir zu versichern, dass sie den Schrank vor Mitternacht aufsperren würde, bevor die Monster mich abholen würden, wie sie behauptete.

Die Monster kamen nicht – aber sie auch nicht.

Ich erinnerte mich immer noch an die Dunkelheit während dieser Nacht und meinen Eindruck, dass sie niemals enden wollte. Ich erinnerte mich an die Kälte und an den Schmerz, der meine Finger durchfuhr, als ich sie durch das Schloss hindurch steckte und versuchte, es mit meinen kleinen Fingern zu öffnen. Doch das Schloss war alt und das Metall darin scharf. Am Ende schnitt ich mich selbst. Tief. Als Camilla mich am Morgen fand, befanden sich überall Blutflecken an den cremefarbenen Wänden. Sie hat mich aus dem Schrank gezogen, mich gescholten und ihn übergestrichen, bevor mein Vater zurückgekehrt war.

Danach sorgte sie dafür, dass das Schloss von einem weicheren Metall ersetzt wurde.

Als ich endlich zur Schule kam, begann ich, weniger von ihr zu sehen. Ich bemerkte, wie mein Vater mich mehr und mehr ermutigte, Zeit mit den Hudsons zu verbringen, alten Freunden der Familie.

Als ich neun Jahre alt war, schickte er Camilla endlich weg. Ich erinnerte mich nicht einmal daran, mich von ihr verabschiedet zu haben, und ich habe sie nie besucht. Mein Vater hielt es für das Beste, dass ich es nicht tat. Wie er gesagt hatte, war sie zerbrochen und hatte ihren Verstand verloren. Doch er hatte mir auch versichert, dass die Ärzte in ihrer psychiatrischen Anstalt unter den besten der Welt wären. Um ehrlich zu sein habe ich niemals das Bedürfnis verspürt, nach ihr zu suchen.

Nachdem sie ausgezogen war, dachte ich, ich hätte nun eine Chance, ein normales Leben zu führen. Ohne ihre Anwesenheit hoffte ich, dass mein Vater mehr Zeit zu Hause verbringen und unsere Beziehung sich dadurch verbessern würde.

Doch als Camilla ging, tat er das ebenfalls.

Seine Geschäftsreisen begannen, länger und länger zu werden, bis das Stadthaus der Hudsons schließlich zu meinem festen Zuhause wurde. Danach hörte ich nur noch von meinem Vater, wenn ein Scheck mit der Post ankam. Und selbst der war immer an Lyle Hudson adressiert.

Ich habe mich manchmal gefragt, ob er mich verlassen hat, weil ich ihn zu sehr an Camilla erinnerte. Ich habe nie die Möglichkeit bekommen, ihn zu fragen.

Als die Jahre vergingen und ich die High School besuchte, dachte ich oft an die letzten Worte, die Camilla zu mir gesagt hatte. Sie hatte mir erklärt, ich sollte erwarten, dass das Leben mir einen schönen Anteil an Überraschungen bescheren würde.

Als ich siebzehn wurde, hatte ich den Eindruck, dass mir schon sehr viel mehr als ein schöner Anteil aufgetischt worden war — mehr, als jeder Mensch während seines ganzen Lebens sollte ertragen müssen.

Und dann lernte ich Derek Novak kennen. Und plötzlich fühlte es sich so an, als hätte ich bisher das ruhigste Leben der Welt geführt.

Er war ganz sicher eine Überraschung, die alles andere als schön war…

Kapitel 1: Sofia

Nicht jetzt. Bitte nicht jetzt.

Ich schaute hoch zur Uhr. Das Fußballspiel sollte in wenigen Minuten beginnen. Jubelschreie ertönten von der Tribüne. Es war das Spiel, auf das Ben und sein Team bereits seit Monaten hingefiebert hatten. Ich durfte nicht zu einer Ablenkung werden.

Ich versuchte, meine Atmung zu beruhigen, selbst als mein Herzschlag sich beschleunigte. Blut rauschte in meine Wangen.

Ich dachte, ich würde in der Lage sein, mit der Menge umzugehen. Ich hatte dieses Jahr bereits einige Spiele besucht und war zurechtgekommen. Doch als ich nun hier saß, wollte ich nichts mehr, als davonzulaufen.

Die Geräusche, die mich umgaben, waren ohrenbetäubend — das Jubeln, die Musik, das Stampfen. All das hallte zur gleichen Zeit in meinem Kopf. Der ekelerregende süße Duft von Abigail Hudsons Karamellmais füllte meine Nase und vermischte sich mit dem sauren Geruch von Amelia Hudsons Kartoffelchips mit Essig. Das Gefühl ihrer Schultern, die sich an mir rieben, machte mich klaustrophobisch. Und da wir in der ersten Reihe saßen, waren die Lichter doppelt so hell.

Meine Handflächen schwitzten, als ich sie aneinander presste.

»Ist alles in Ordnung, Sofia?«

Amelia, Bens Mutter, schaute mich besorgt an. Sie wusste, dass ich in Menschenmengen Angstzustände bekam. Ich zwang mich zu einem Lächeln und nickte.

»Es geht mir gut.«

Ich schaute hinaus auf das Spielfeld, und als mein Blick Ben fand, zwang ich mich, ihn anzustarren. Ich versuchte, die Impulse auszublenden, die drohten, mich zu überwältigen, und mich auf ihn zu konzentrieren. Mein attraktiver bester Freund. Sein großer, muskulöser Körper, sein starker Kiefer, seine hellblauen Augen… normalerweise fiel es mir nicht schwer, eine Entschuldigung dafür zu finden, ihm kurze Blicke zuzuwerfen, ob es nun in der

Schule war oder Zuhause, doch nun merkte ich, dass ich ihn kaum wahrnahm, als ein nagender Zweifel sich seinen Weg in meinen Verstand suchte. Ein Zweifel, von dem ich gehofft hatte, ich hätte ihn inzwischen überwunden.

Niemand anderes in diesem Stadium hat Probleme. Es ist nicht normal, sich so zu fühlen.

Vielleicht verliere ich den Verstand, genau wie meine Mutter.

»Bist du sicher, dass alles in Ordnung ist?« Dieses Mal war es Bens Vater Lyle, der mich von seinem Sitz einige Meter entfernt aufmerksam beobachtete.

Ich biss mir auf die Lippen und zeigte ihm ein weiteres kurzes Nicken, wobei ich mir wünschte, sie würden einfach damit aufhören. Sie verstanden immer noch nicht, dass es die Situation noch nie verbessert hatte, wenn sie mich fragten. Überhaupt nicht.

Als das Schrillen einer Pfeife den Wirbel der Eindrücke durchbohrte, in dem ich bereits ertrank, löste sich meine Entschlossenheit, nicht zusammenzubrechen, in Luft auf.

Alles, was mir noch blieb, war, meinen Kopf zwischen meine Knie zu stecken, um mich vom Zittern abzuhalten.

Es war immer der Gedanke an meine Mutter, der meine Panikattacken auslöste, denn ich hatte gelernt, mit allen anderen Faktoren meines geistigen Zustandes umzugehen. Es war der Gedanke an diese grünen Augen und das letzte Mal, als ich sie gesehen hatte. Zu glauben, dass ich dazu verdammt sein könnte, so zu enden wie sie. Die Unvermeidbarkeit dieser Vorstellung sendete mich in eine Abwärtsspirale. Alle vernünftigen Gedanken wurden stillgelegt, und der albtraumartige Zweifel spielte sich wieder und wieder in meinem Verstand ab.

Ich spürte, wie Hände meine Schultern berührten.

»Sofia.« Es war Amelias Stimme.

Und noch weitere Impulse, mit denen ich fertigwerden musste — ihre Stimme und die Berührung ihrer Hände.

Sie versuchte, mich aufrecht hinzusetzen, doch ich weigerte mich. Ich glitt von meinem Sitz herunter und kniete mich auf den Boden. Ich spürte die Demütigung dieser ganzen Situation und hätte mich am liebsten in Luft aufgelöst.

»Sofia!« Dieses Mal rief eine andere Stimme nach mir.

Eine tiefe, männliche Stimme.

Benjamin Hudsons Stimme.

Nur seine Stimme inmitten des Ansturms all der anderen Geräusche hätte in dem Zustand, in dem ich mich befand, meine Aufmerksamkeit erwecken können. Ich schaute nach oben und sah, wie er mit dem Ball unter einem Arm auf mich zulief und sich Besorgnis auf seinem Gesicht zeigte. Schuldgefühle überkamen mich.

»Nein, Ben«, hauchte ich, »geht zurück zum Spiel!«

Er legte den noch verbliebenen Abstand zwischen uns

zurück und gestattete mir, ihm aus der Nähe ins Gesicht zu schauen, während er meine Schultern ergriff. Trotz meiner Angstgefühle konnte ich den Schauer, der mir bei seiner Berührung den Rücken hinunterlief, nicht unterdrücken.

Über seine Schulter hinweg konnte ich sehen, dass alle Spieler angehalten hatten, um Ben anzustarren, wobei Hinweise auf Frust und Überraschung auf ihren Gesichtern zu erkennen waren, dass ein Mannschaftskapitän einfach mit dem Ball davonlief. Buhrufe und ungeduldiges Murmeln explodierten auf der Tribüne.

Trotz meiner Schuldgefühle zitterte mein Körper immer noch, und ein Schleier der Panik umgab mich. Ben griff nach meinem Kinn und zwang mich, ihm noch einmal ins Gesicht zu schauen.

»Setz dich auf!« Seine Stimme war fest, als er sich hinhockte und den Ball zwischen seine Knie legte.

Ich hatte das Gefühl, nicht einmal die Kontrolle über meine eigenen Glieder zu haben. »Ich kann nicht«, flüsterte ich.

Er sah mich stirnrunzelnd an, wobei ein Blick tiefster Missbilligung seine attraktiven Gesichtszüge verunstaltete. Sein Gesicht befand sich nun nur noch wenige Zentimeter von meinem eigenen entfernt, und seine blauen Augen bohrten sich in mich hinein. »Ich erkenne eine Ausrede, wenn ich eine höre. Wage es ja nicht, dir selbst etwas vorzumachen und dir einreden zu wollen, dass du das Opfer bist, Sofia Claremont!«

Fast in dem Augenblick, als Ben diese Worte sprach — Worte, die er schon viele Male zuvor zu mir gesagt hatte — überkam mich eine Welle der Erleichterung. Seine starken Hände ergriffen meine Ellbogen, und er zog mich nach oben und setzte mich zurück auf meinen Stuhl.

»Alles wird gut werden«, sagte er, und seine Stimme war immer noch fest.

Ich nickte, gab einen tiefen Seufzer von mir und spürte, wie meine Schultern bereits begannen, sich zu lockern, meine Muskeln sich entspannten und meine Brust weniger verengt war.

Die Buhrufe, die im Stadium zu hören waren, wurden mit jeder Sekunde lauter. Bens Teamkameraden riefen nach ihm, und einige hatten bereits begonnen, auf ihn zuzulaufen.

»Geh jetzt!«, sagte ich zu ihm und drückte ihn weg.

Ein Lächeln breitete sich auf seinem Gesicht aus, als er meine Hand drückte und mir einen Kuss auf die Stirn gab. Ein Kuss, der ein Dutzend Schmetterlinge in meinem Magen freisetzte.

Er schaute mich noch ein letztes Mal an, bevor er sich umdrehte und zurück auf das Spielfeld lief.

Er schaute sich in den Reihen der buhenden Zuschauer auf der Tribüne um, als er zurück in die Mitte des Spielfeldes ging, seine Hand anhob und seine Faust wie ein Rockstar nach oben streckte.

»Freunde kommen vor Fußball«, brüllte er.

Die Buhrufe verwandelten sich in anerkennende Pfiffe. Ich spürte, wie sich die Hitze in meinen Wangen ausbreitete, als Hunderte von Augenpaaren sich auf mich richteten.

Ich lächelte. *Ben. Er weiß immer, wie er eine Menschenmenge auf seine Seite zu ziehen hat. Oder auch nur einen Einzelnen…*

»Ist jetzt alles in Ordnung, Sofia?« Ich drehte mich herum, um zu sehen, wie die fünfjährige Abigail neben mir stand und ihre babyblauen Augen voller Sorge weit aufgerissen hatte.

Ich lächelte und küsste sie auf die Wange. »Es geht mir gut, Abby«, flüsterte ich und wollte nicht noch mehr Aufmerksamkeit auf mich ziehen, als ich es bereits getan hatte.

»Möchtest du ein Stück von meinem Popcorn?« Ihr blonder Pferdeschwanz fiel auf eine Seite, als sie mir eine klebrige Handfläche entgegenstreckte, auf der ein einzelnes Stück Popcorn lag.

»Nein, danke. Geh und setz dich wieder neben deine Mutter!« Lyle und Amelia hatten sich bereits wieder zu ihren Plätzen zurückbegeben — beide konzentrierten sich nun wieder auf das Spiel, als wäre nichts geschehen.

Sobald Abby wieder sicher neben ihrer Mutter saß, lehnte ich mich in meinem Stuhl zurück und atmete langsam aus. Als der Pfiff zum zweiten Mal ertönte, konzentrierte ich mich auf das Feld und beobachtete, wie das Spiel begann. Mein Blick folgte Ben auf dem Spielfeld, der mit seinem muskulösen Körperbau keine Schwierigkeiten hatte, die zwei Typen hinter sich zu lassen, die ihn verfolgten. Es half außerdem, dass er dort unten einer der größten Spieler war.

Fußball war noch niemals mein Lieblingssport gewesen. Ich schaute um Bens willen zu, da er ein Mitglied unserer Schulmannschaft war. Nachdem ich etwa fünf Minuten versuchte, mich zu konzentrieren und das zu verfolgen, was vor sich ging, merkte ich, dass ich mich in meinen eigenen Gedanken verlor. Das gerade Geschehene wiederholte sich in meinem Geist.

Zwei Probleme plagten mich während meiner Zeit in der Grundschule und auf der High School. Ein schmerzhaftes Bewusstsein externer Reize und Angstzustände. Ich hatte mit zahllosen Ärzten und Psychiatern gesprochen. Obwohl sie sich nicht darauf einigen konnten, worin das Problem eigentlich bestand — jeder von ihnen hatte eine andere Theorie, angefangen bei Asperger bis hin zu Zwangsstörungen — waren alle von ihnen zu dem Schluss gekommen, dass die beiden Probleme miteinander verbunden waren.

Es war Ben gewesen, mit der ganzen Weisheit seiner zwölf Jahre, der herausgefunden hatte, dass das nicht stimmte.

Ich lächelte, als ich mich an den Tag erinnerte, an dem es geschehen war. Es war bei einem Spiel gewesen, ganz so wie dieses, das wir uns heute anschauten. Nur dass Ben mit uns auf der Tribüne gesessen hatte. Die Menschenmenge hatte meinen negativen Gedankenvorgang ausgelöst, genauso wie heute. Als ich von einem Anfall heimgesucht wurde, hatten Amelia und Lyle gesagt, dass wir gehen müssten, um mich in ein Krankenhaus zu bringen. Da Ben unglaublich enttäuscht war, gehen zu müssen, bevor das Spiel seiner Lieblingsmannschaft überhaupt begonnen hatte, hatte er voller Frust meine Schultern ergriffen und mich geschüttelt. Und er hatte die gleichen Worte von sich gegeben wie heute:

»Ich erkenne eine Ausrede, wenn ich eine höre. Wage es ja nicht, dir selbst etwas vorzumachen und dir einreden zu wollen, dass du das Opfer bist, Sofia Claremont!«

Ich war mir nicht sicher, wo er sie herhatte — vielleicht aus einem Film oder einem Buch. Doch sie waren hängengeblieben. Ich spielte nicht das Opfer, hatte ich gedacht. Meine Sorgen waren echt. Nach all dem, was mit meiner Mutter geschehen war, hatte ich das Recht, auf diese Weise zu empfinden. Doch Tatsache war, dass seine Worte funktioniert hatten. Sie waren in mich eingedrungen und hatten meinen Anfall beendet. Er hatte gerade den Schlüssel gefunden, um meine Probleme mit Angstgefühlen zu lösen.

Dieser frustrierte, zwölfjährige Junge hätte sich nicht vorstellen können, wie sehr diese Worte mein Leben beeinflussen würden.

Was meine Probleme in Bezug auf meine Sinneswahrnehmung anging, so hatten wir bis heute nicht herausfinden können, worin sie bestanden. Amelia und Lyle hatten es aufgegeben, mich zu Ärzten und Psychiatern zu schleppen, da sie sich alle gegenseitig widersprachen.

Doch die Wahrheit war, ich konnte mit dem Zustand umgehen — worin auch immer er bestand. Es war schwer und manchmal überwältigend, doch ich konnte mich durchkämpfen. Nur wenn ich es mir gestattete, in Selbstmitleid zu verfallen, indem ich an meine Mutter dachte, brach ich vollkommen zusammen.

Ich war enttäuscht, dass ich es mir schon wieder erlaubt hatte, den Angstgefühlen nachzugeben. In einem Augenblick der Panik hatte ich vergessen, wie ich immer damit umging. Ich hatte versucht, mir selbst beizubringen, diese Anfälle von allein zu verhindern, denn ich konnte mich nicht darauf verlassen, dass Ben sich immer in meiner Nähe aufhalten würde. Und es machte mir Angst, wie abhängig ich bereits von ihm war. Ben Hudson. Mein bester Freund. Ich hielt mich gern für unabhängig, aber wenn ich ehrlich mit mir war, konnte ich mir ein Leben ohne Ben manchmal nicht vorstellen.

Die Berührung meiner Schulter riss mich aus meinen Gedanken heraus. Ein langbeiniges Mädchen mit lockigem schwarzem Haar ragte über mir.

»Du bist also Bens neue Freundin?«

Meine Wangen erröteten bei diesem Gedanken. »Nein«, sagte ich und schüttelte meinen Kopf, »wir sind wirklich nur Freunde.«

»Gut.« Sie zeigte mir ein künstliches Lächeln und ging zurück zu ihrem Platz in der Reihe hinter uns. Ihr Blick konzentrierte sich wieder auf das Spielfeld und suchte höchstwahrscheinlich nach Ben, als würde es mich gar nicht geben.

Ich schaute zurück zu Ben auf dem Feld. Rufe und Schreie waren gerade in Wellen auf unserer Seite der Tribüne ausgebrochen. Sein Team hatte einen Treffer erzielt. Zwei Typen hoben Ben hoch, als er seine Arme in die Luft warf. Sein Blick traf auf meinen, und ich spürte ein erneutes Zittern. Ich lächelte und hatte Schuldgefühle, dass ich den Treffer verpasst hatte.

Ich schaute zurück zu dem Mädchen hinter mir, das Ben beäugte, auf und ab sprang und seinen Namen rief.

Aufregung und Besorgnis breiteten sich in mir aus, als ich mir überlegte, wie meine Antwort gelautet hätte, wenn sie mir ihre Frage nur einige Tage später gestellt hätte. Die

Hudsons und ich sollten morgen einen zweiwöchigen Urlaub in Cancún antreten. Ich hatte mir vorgenommen, dass ich an unserem Ankunftstag mit ihm einen Spaziergang am Strand unternehmen würde. Und ich würde ihm schließlich sagen, was ich ihm die ganze Zeit über verschwiegen hatte… wenn ich nur den Mut aufbringen könnte, es zu tun.

Kapitel 2: Sofia

Ich war froh, dass ich im Flugzeug neben Ben sitzen konnte. Der Flug war ausgebucht, daher mussten Amelia, Lyle und Abby einige Reihen hinter uns sitzen. Ich nahm am Fenster Platz, während Ben in dem Sitz neben mir saß.

Seine Augen waren geschlossen, und sein Kopf rollte auf eine Seite. Wir hatten bereits eine Stunde des Fluges hinter uns.

Seine Mannschaft hatte das Spiel gestern gewonnen, und er hatte danach länger gefeiert, als er es hätte tun sollen. Ich bezweifelte, dass er mehr als drei Stunden Schlaf bekommen hatte, bevor wir am nächsten Morgen aufstehen mussten, um zum Flughafen zu fahren. Er wachte nicht auf, bis eine

Flugbegleiterin vorbeikam und uns etwas zu trinken anbot.

»Eine Flasche Wasser bitte.« Er setzte sich aufrecht hin, rieb sich die Augen und schaute mich an. »Worauf freust du dich am meisten?«, fragte er nach einer kurzen Pause.

Zwei ungestörte Wochen mit dir.

»Den Strand, denke ich. Und du?«

»Ich weiß nicht… es wird einfach nur gut tun, mal rauszukommen. Tapetenwechsel.«

Er zog ein Buch aus seiner Tasche hervor und begann zu lesen, während ich mein eigenes Buch in die Hand nahm. Doch ich konnte mich nicht auf die Worte konzentrieren. Mein Geist war zu abgelenkt.

Ich hätte nie gedacht, dass der Tag einmal kommen würde, an dem ich tatsächlich in Erwägung ziehen würde, Ben zu gestehen, was ich für ihn empfand. Es war mir immer als ein zu großes Risiko vorgekommen. Was, wenn er meine Gefühle nicht erwiderte? Wir lebten zusammen in dem gleichen Haus. Es würde die Dinge so merkwürdig machen, wenn ihm klar wäre, dass ich mehr von ihm wollte als nur Freundschaft, und wenn er nicht das Gleiche empfand. Ich hatte Angst, dass er mich niemals wieder im gleichen Licht betrachten würde und dass ich das zerstören könnte, was uns momentan verband.

Ich warf ihm einen kurzen Blick zu, als er die Seite umblätterte. Ben… er sah mich so wie kein anderer es konnte. Ich bezweifelte, dass ich heute so stark wäre, wenn es ihn nicht gegeben hätte. Er hatte Interesse an mir gezeigt, als niemand anderes — nicht einmal mein eigener Vater — dazu bereit war. Mit Ben fühlte ich mich niemals unsichtbar… es sei denn, seine aktuelle Freundin war in der Nähe.

Also ja, ich war ein Feigling. Ich hatte Angst, das zu zerstören, was wir hatten, indem ich ihm sagte, dass ich mehr wollte. Indem ich ihm sagte, wie sehr ich auf dem letzten Schulball seine Lippen hatte küssen wollen, als er mich zum Tanz aufgefordert hatte. Wie viel Schmerzen es mir bereitete, wenn ich sah, wie er mit einem anderen Mädchen auf dem Schulhof herummachte. Wie sehr ich mir wünschte, sein freundliches Tätscheln meiner Schultern würde sich in eine ausgewachsene, leidenschaftliche Umarmung verwandeln.

Aber etwas hatte sich während dieses letzten Jahres in mir verändert. Ich wusste nicht genau, was es war, doch jede neue Freundin, mit der ich ihn sah, zerriss mehr und mehr mein Herzen, bis ich an dem Punkt ankam, an dem ich das Gefühl hatte, ich würde platzen, wenn ich ihm nicht endlich die Wahrheit sagte.

Als das Flugzeug seinen Sinkflug begann, ich meinen Sicherheitsgurt anlegte und mein Buch zurück in meine Tasche steckte, versuchte ich mich davon zu überzeugen, dass alles gut werden würde. Dass, selbst wenn er mich abweisen würde, wir immer noch in der Lage sein könnten, so weiterzumachen wie bisher.

Doch ich wusste, das war eine Lüge.

Wenn ich diesen Schritt machte, ging es um alles oder nichts.

***

Mein Herz raste, als wir in unserem Hotel ankamen — dem gleichen Hotel, in dem wir schon im Jahr zuvor übernachtet hatten. Bens Eltern gefiel es, da im Preis alles enthalten war und es eine zentrale Lage hatte. Lyle und Amelia teilten sich ein Schlafzimmer, Ben hatte sein eigenes Zimmer, und Abby und ich schliefen zusammen in einem Raum.

Als wir unser Zimmer betraten, sprang Abby auf einem der Betten auf und ab und grinste bis über beide Ohren. Als ich sowohl ihre als auch meine Sachen ausgepackt hatte, war es bereits Zeit fürs Abendessen.

Wir gingen zusammen mit Lyle, Amelia und Ben die Treppe hinunter und fanden einen Tisch in unserem Lieblingsrestaurant einige Meter neben dem Eingang zu unserem Hotel. Wir nahmen die Speisekarten in die Hand und begannen zu bestellen. Ich entschied mich für das kleinste Gericht, das ich auf der Karte finden konnte — einen Caesar Salad — doch ich bezweifelte, dass ich selbst dafür genügend Appetit aufbringen konnte.

Sobald das Essen serviert worden war, schaute Ben mich mit hochgezogenen Augenbrauen an, während er sich von einem Teller mit Tacos bediente. »Machst du eine Diät?«

»Ich bin nur… aufgeregt, hier zu sein. Ich habe keinen großen Hunger.«

Wenn ich das hier wirklich zu Ende führen wollte, wäre dieser erste Abend der beste Zeitpunkt dafür. Wenn er genau wie ich empfand, würden wir unseren ganzen Urlaub zusammen als Freund und Freundin verbringen. Wenn er es nicht tat… für den Augenblick verdrängte ich den Gedanken an diese Möglichkeit.

Ich beteiligte mich nicht allzu sehr an der Unterhaltung. Amelia sprach am meisten, wiederholte wieder und wieder, wie sehr sie diesen Ort mochte, und las eine Broschüre mit all den Dingen, die wir tun könnten, während wir hier waren.

Sobald Amelia und Lyle nach der Rechnung fragten, schaute ich zu Ben.

»Hast du Lust auf einen Spaziergang?«, fragte ich.

Er sah müde aus, doch sein Gesicht hellte sich auf. »Sicher.«

Er drehte sich zu seiner Mutter. »Sofia und ich gehen an den Strand.«

»Kann ich mitkommen?«, fragte Abby und sprang von ihrem Stuhl auf.

Ich war erleichtert, als Amelia sie zurückhielt. »Nein, Abby. Für dich ist es an der Zeit, ins Bett zu gehen.« Sie schaute von mir zu Ben. »In Ordnung, aber bleibt nicht zu lange draußen und geht nicht zu weit weg! Bleibt dort, wo sich noch andere Touristen aufhalten!«

Wir trennten uns und gingen hinaus zum Strand. Wir zogen unsere Schuhe aus und hielten sie in unseren Händen, als wir nebeneinander her spazierten. Wir gingen in Richtung Meer und genossen das Gefühl der Wellen, die um unsere Füße herumspülten.

Ich wünschte mir, Ben wäre bereits mein fester Freund. Alles an diesem Ort war so romantisch. Der Mond, die Sterne, der weiche Sand… ich wünschte mir, dass wir wie durch einen Zauber die Stufe des Zusammenkommens bereits hinter uns gelassen hätten, und er würde mich jetzt einfach in seine Arme nehmen, um mich zu küssen.

Obwohl ich Angst davor hatte, dass mir die Stimme versagen könnte, konnte ich zehn Minuten später das Warten nicht länger aushalten. Ich nahm meine Flipflops in meine andere Hand, ergriff Bens Hand mit meiner und verschlang meine Finger mit seinen.

Er schaute zu mir hinunter und lächelte, als er meine Hand drückte.

»Danke, dass du gestern das Spiel für mich unterbrochen hast«, sagte ich.

Er rollte mit den Augen. »Dank mir nicht dafür!«

Ich biss mir auf die Lippen und schaute wieder hinunter auf den Sand. Die Art und Weise, wie er meine Hand hielt, ließ mir einen Schauer den Rücken hinunter laufen. Ich hielt an, und er blieb ebenfalls stehen.

Ich räusperte mich. »Ben, ich wollte dir etwas sagen.«

Er hob eine Augenbraue und lächelte mich neugierig an. »Was?«

Ich spürte, wie die Spannung in meinem Körper anstieg, als sein Blick mich fixierte.

Ich weiß nicht, wie ich es sagen soll.

Frustriert vergrub ich meine Füße im Sand.

Spuck es einfach aus!

Ich atmete tief ein.

»Ich hoffe, du wirst das nicht falsch verstehen. Ich habe in letzter Zeit sehr viel darüber nachgedacht, ob ich dir überhaupt davon erzählen soll… doch mir ist klar geworden, wenn ich meinen Frieden wiederfinden will, muss ich es tun.« Ich hielt inne und bereitete mich auf das vor, was ich sagen wollte. »Ben, ich —«

»Ben!« Ein Rufen durchtrennte meinen Satz.

Ben und ich wirbelten herum, um zu sehen, wer sich uns näherte. Mir rutschte das Herz in die Hose. Tanya Wilson. Eine seiner umwerfenden, blonden Ex-Freundinnen. Sie lief in einem knappen Bikini auf uns zu, wobei ihr langes, blondes Haar hinter ihr her wehte. Sie war triefend nass, als sie vor uns zum Stehen kam.

»Hallo Ben«, sagte sie, während sie nach Luft schnappte. Sie schaute mich nicht einmal an. Es war so, als wäre ich unsichtbar für sie.

»Tanya? Wie kommt es, dass du hier bist?«, fragte Ben, und seine Augen weiteten sich.

»Ich bin mit meiner Familie für einen Kurzurlaub hierher gefahren. Wir sind schon einige Tage vor Schulschluss abgereist, um etwas Geld zu sparen… Wo wohnst du?«

Ben zeigte auf unser Hotel, das selbst aus dieser Entfernung noch deutlich sichtbar war.

»Dort wohne ich auch! Welche Zimmernummer hast du?«

»Vierundfünfzig«, antwortete er.

Sie ergriff seine Hände, streckte sich auf ihren langen Beinen, um ihm näher zu sein, und drückte ihm einen Kuss auf die Wange. »Ich bin nicht weit von dir weg. Achtundsiebzig.«

Tanyas Blick fiel schließlich auch auf mich. Die Verachtung in ihrem Ausdruck war fast fühlbar. Sie schaute zurück zu Ben. »Könnte ich mit dir unter vier Augen sprechen?«

Ben schaute zu mir hinunter und zögerte.

Tanya drückte seinen Arm noch fester. »Übrigens werde ich in drei Tagen abreisen. Es würde mir wirklich sehr viel bedeuten, wenn ich mit dir sprechen könnte… ich verspreche, ich werde dich nicht lange in Beschlag nehmen.«

Ben seufzte und nickte. »In Ordnung.« Er schaute entschuldigend zu mir hinunter. »Es tut mir leid, Sofia. Würde es dir etwas ausmachen, wenn wir uns kurz unterhalten?«

»Nein, klar. Ich denke… ich denke, ich werde einfach zum Hotel zurückgehen.«

»Wir sehen uns später.«

»Sicher…«

Mein Mund war trocken, und meine Brust hob und senkte sich, als ich Ben dort allein mit Tanya in ihrem Bikini stehenließ. Ich drehte mich herum, schaute das Hotel an und ging von ihnen weg.

Freunde kommen vor Fußball.

Freunde kommen jedoch nicht vor Geliebten.

Kapitel 3: Sofia

Ich denke, in dem Moment, als ich sah, wie Tanya in diesem knappen, goldenen Bikini auf uns zugelaufen kam, wusste ich bereits, dass ich meine Chance mit Ben verpasst hatte. Zumindest während dieses Urlaubs. Als Ben später an dem Abend zu mir kam, wollte er mir nur erzählen, dass er sich mit Tanya versöhnt hatte und dass er die nächsten drei Tage mit ihr verbringen würde, bevor sie wieder zurück nach Kalifornien fuhr. Sie hatte ihn eingeladen, sie während der nächsten drei Tage auf einen Tauchausflug an der Küste vor Mexiko zu begleiten. Sie wollten am nächsten Morgen früh aufbrechen und würden am letzten Abend erst spät zurückkehren.

Während er mir das erzählte, bemühte ich mich sehr, meine Stimme zu bewahren und nicht vor lauter Enttäuschung zu zittern. Ich gab mich so cool, wie ich nur konnte.

Drei Tage. Das bedeutete, er würde auch an meinem Geburtstag weg sein. In seinem Eifer, wieder mit der Blonden zusammenzukommen, hatte er den ganz offensichtlich vollkommen vergessen. Und ich erinnerte ihn nicht. Er hatte seine Entscheidung bereits deutlich gemacht — Tanya war ihm wichtiger als ich. Ich bezweifelte, dass er jemals *ihren* Geburtstag vergessen hätte. Doch konnte ich ihm wirklich Vorwürfe machen? Immerhin war ich immer da, irgendwo im Hintergrund. Er verbrachte notgedrungen viel Zeit mit mir. Wohingegen Tanya ein wertvoller Schatz war, der ihm morgen vielleicht nicht mehr zur Verfügung stehen könnte. Dank meinem Vater war es ja nicht so, als könnte ich irgendwohin gehen. Ich vermutete, dass Ben das tief in sich drinnen wusste, und selbst wenn es nicht seine Absicht war, beeinflusste es sein Unterbewusstsein und bestimmte seine Entscheidungen und sein Verhalten mir gegenüber.

Die nächsten drei Tage vergingen nur langsam. Ich denke, am dritten Tag hätte ich dankbar sein sollen, dass zumindest Lyle und Amelia meinen Geburtstag nicht vergessen hatten. Sie luden mich in ein Restaurant meiner Wahl zum

Mittagessen ein und bestellten einen Kuchen. Ich hatte ein schlechtes Gewissen, weil ich zu deprimiert war, um viel essen zu können. Ich verbrachte den Rest des Tages mit Abby am Strand. Lyle und Amelia lagen in der Nähe im Sand und lasen und bauten gelegentlich mit uns zusammen eine Sandburg.

Ich entschuldigte mich an diesem Abend früh, da ich mich nach nichts mehr sehnte als der Einsamkeit meines Zimmers. Ich hatte es geschafft, mich den ganzen Tag über zusammenzureißen, aber als ich an dem Abend ins Bett ging, konnte ich meine Tränen nicht davon abhalten, an meinen Wangen hinunterzulaufen. Ich versuchte, mir nicht vorzustellen, was Ben die ganze Zeit über mit Tanya getrieben hatte, während ich hier mit der fünfjährigen Abby als Gesellschaft festsaß.

Als ich so da lag, versuchte ich, mich selbst davon zu überzeugen, dass es im Urlaub schwieriger war, den Überblick über die Tage zu behalten, da es keine Routine gab, die man einhalten musste. Die Tage schienen miteinander zu verschwimmen.

Doch dies war mein Geburtstag. Ich war seine beste Freundin. Er hätte es nicht vergessen dürfen.

Ich drehte und wandte mich in dieser Nacht und war unfähig zu schlafen. Ich schlief immer mit Ohrstöpseln, die mir dabei halfen, die Geräusche zu dämpfen, auf die mein

Bewusstsein so übertrieben reagierte, doch in dieser Nacht half mir nicht einmal mein dickstes Paar Ohrstöpsel, meine Rastlosigkeit zu überwinden. Ich hatte nicht den Eindruck, dass ich irgendwann in nächster Zeit einschlafen würde, obwohl meine Augen vom Weinen geschwollen waren.

Ich wollte nur, dass der Schlaf mich überkam, um die Erinnerungen an den heutigen Tag wegzuspülen und mir hoffentlich einen helleren Morgen zu bescheren.

Aber ich konnte es nicht. Ich musste immer wieder an Ben denken. Und an seine blonde Ex in ihrem Bikini.

Es war schon fast Mitternacht, als ich spürte, wie eine sanfte Hand meine Schulter berührte. Ich vermutete, dass es Ben war, also lag ich ganz still, kniff meine Augen zu und tat so, als würde ich schlafen.

Ich spürte, wie warme Finger das Haar aus meinem Gesicht strichen.

»Es tut mir leid, Sofia«, flüsterte er.

Ich weiß nicht, ob er bereits gemerkt hatte, dass ich wach war, oder ob er ein so schlechtes Gewissen hatte, dass er sich in dem Augenblick unbedingt entschuldigen musste, ob ich nun schlief oder nicht.

Ich öffnete meine Augen und schaute zu ihm auf. Und ich wünschte mir, ich hätte es nicht getan. Seine traumhaften blauen Augen, die voller Sorge zu mir hinunterblickten, ließen meine Sehnsucht für ihn nur noch wachsen. Ich riss mir das Laken weg, und ohne ein Wort zu sagen ging ich hinaus auf den Balkon.

Während ich mich über die Brüstung beugte und auf den Boden unter mir schaute, spürte ich, wie er sich hinter mir näherte.

»Ich weiß nicht, wie ich es vergessen konnte«, flüsterte er.

»Es ist in Ordnung«, sagte ich leise, da ich Angst hatte, dass meine Stimme versagen könnte, wenn ich lauter sprechen würde.

»Nein, das ist es nicht. Und ich kann sehen, das ist das nicht ist. Ich muss es dir gegenüber irgendwie wieder gutmachen.«

Seine Hände griffen nach meinen Schultern und drehten mich herum, sodass ich ihn anschaute.

Mir blieben die Worte im Halse stecken. Ich wollte ihm in dem Augenblick so gern erzählen, welcher Folter er mich mit Tanya aussetzte. Ich spürte, wie meine Lippen sich fast bewegten, um die Wahrheit schließlich loszuwerden. Und dann könnte er entscheiden, was er mit meiner Beichte anstellen wollte.

Doch ich war immer noch ein Feigling. Ich musste immerzu daran denken, wie wunderschön und perfekt Tanya zusammen mit Ben aussah. Ich hatte den Eindruck, ich wäre ihm einfach nicht gewachsen.

Also lief ich weg.

Ich merkte, wie mir die Tränen wieder in die Augen stiegen, daher eilte ich zurück ins Schlafzimmer, bevor er Notiz davon nehmen konnte. Ich trug immer noch meinen Bikini — er war schon vor Stunden in der Nachmittagssonne getrocknet. Obwohl eine nächtliche kühle Brise wehte, wollte ich nicht zu lange anhalten, für den Fall, dass Ben nach mir griff und versuchte, mich zurückzuhalten.

Ich schnappe mir eine dünne Jacke, warf sie über meine Schultern, verließ das Zimmer und lief den Flur entlang und die Treppen hinunter aus dem Gebäude hinaus.

Als ich am Strand ankam, beschleunigte ich und raste vorwärts, wobei der Sand von meinen Fersen emporgeschleudert wurde, während ich lief. Ich versuchte, meine Gedanken zu betäuben und mich vollkommen der Nacht hinzugeben. Das Krachen der schweren Wellen beruhigte meine Ohren. Meine Haut prickelte mit jedem Wehen der sanften Sommerbrise, und der Duft des salzigen Meeres füllte meine Lungen. Ich wusste nicht, wie weit ich gelaufen war. Als meine Beine ermüdeten, wurde ich langsamer, bis ich schließlich nur noch ging.

Ich watete ins Meer hinein, bis das Wasser mir bis an die Taille reichte. Ich drehte mich auf den Rücken, ließ mich treiben und schaute hinauf zu den Sternen. Das Wasser schien mir dabei zu helfen, meine Nerven zu beruhigen, selbst wenn es nichts gegen das Brennen in meiner Brust ausrichten konnte. Ich schloss meine Augen und ließ mich vom Wasser noch ein wenig weitertreiben. Ich wünschte mir, dieser Augenblick würde niemals enden. Ich fühlte mich so schwerelos, leicht, taub…

Ich beugte mich schlagartig nach oben, als ein kalter Wind über mich hinweg zog — untypisch für Cancún. Er brachte mich wieder zur Besinnung.

Ich sollte so spät nicht allein hier draußen sein.

Ich vermutete, dass Ben sich inzwischen wahrscheinlich ebenfalls am Strand aufhielt, um nach mir zu suchen. Ich stieg aus dem Wasser und zog die Jacke wieder zurück über meine Schultern.

Ich schaute am Strand auf und ab. Mein Blick fixierte sich auf die warmen, brennenden Lichter des Hotels in der Ferne. So gern ich noch länger hier draußen geblieben wäre, begann ich trotzdem, den Rückweg anzutreten. Hoffentlich würden dieser Spaziergang und der Ausflug ins Meer es mir gestatten, nun schnell einzuschlafen, sodass ich mich am Morgen besser fühlen würde. Vielleicht würde ich sogar den Eindruck bekommen, überreagiert zu haben.

Ich hob meine Sandalen auf und begann zu laufen.

Ich erschrak, als ich hinter mir eine tiefe Stimme hörte. Mir fielen die Sandalen aus der Hand.

»Guten Abend.«

Sie war erschreckend nahe. Ich hatte mich erst vor

wenigen Augenblicken am Strand umgeschaut und niemanden gesehen.

Ich wirbelte herum, und meine Augen weiteten sich, als ich den Fremden betrachtete. Es konnte nicht mit Worten ausgedrückt werden, was für ein eindrucksvoller Mann er war. Er war fast anmutig. Seine Augen waren funkelnder als alle, die ich je zuvor gesehen hatte, ein strahlendes Blau — ein starker Kontrast zu seiner blassen Haut und seinem dunklen Haar. Seine Größe, breiten Schultern und schlanker Körperbau erinnerten mich an Ben, doch seine Gegenwart war wesentlich imposanter als die meines besten Freundes.

Mein Blick ruhte auf dem Gesicht des Fremden. Er beobachtete mich genauso aufmerksam wie ich ihn. Beunruhigt trat ich einen Schritt zurück.

»Es war nicht meine Absicht, dich zu erschrecken«, sagte er, während ein Lächeln seine Lippen umspielte.

»Das ist schon in Ordnung«, murmelte ich und wandte meinen Blick von ihm ab. Ich hob meine Sandalen auf, ging um ihn herum und setzte meinen Weg zum Hotel zurück fort. Ich konzentrierte meinen Blick auf das Dach des Gebäudes in der Ferne und beschleunigte meinen Gang, sobald er sich nur wenige Meter hinter mir befand. Ich ließ meinen Blick noch einmal über den Strand gleiten. Ich hatte mich zu weit vom Hauptbereich entfernt, sodass sich hier nur wenige Menschen aufhielten, und nun bereute ich das bitter.

»Wie heißt du?«

Seine Stimme war wieder zu nahe. Nahe genug, um zu wissen, dass er mir folgte. Dieses Mal hielt ich nicht an, um mich umzudrehen und ihn anzuschauen. Etwas an diesem Mann war merkwürdig, und ich hatte nicht vor, hier zu bleiben, um herauszufinden, was es war.

Doch es schien, als würde ich hierbleiben müssen, ob es mir nun gefiel oder nicht.

Eine kalte Hand ergriff meinen Arm und drehte meinen Körper herum, sodass ich direkt vor ihm stand. Während er mich festhielt, bohrte sich der Blick aus seinen blauen Augen in mich hinein.

»Ich habe dir eine Frage gestellt.«

»Lassen Sie mich los!«, forderte ich.

Meine rechte Hand war immer noch frei und hielt meine Sandalen, also holte ich aus und schleuderte sie ihm ins Gesicht. Er wich meinem Schlag mit einer Geschwindigkeit und Gewandtheit aus, wie ich sie noch nie zuvor in einem Mann gesehen hatte. Er ergriff auch meine rechte Hand und warf meine Schuhe weg.

Ich starrte ihn finster an. Es war nur die Hoffnung, dass er mich gehen lassen würde, die mich antworten ließ: »Sofia.«

Seine Augen erstrahlten. Er griff nach meinem Gesicht und ließ seinen Daumen über mein Kinn gleiten.

»Sofia. Es freut mich, dich kennenzulernen.«

Er griff nach dem Anstecker, den Abby mir zuvor gegeben hatte und der immer noch an meiner Jacke befestigt war. »*Alles Gute zum 17.*« stand darauf. Sein Lächeln schien nur noch breiter zu werden.

Ich wollte gerade um Hilfe rufen, als ich plötzlich von den Eindrücken um mich herum übermannt wurde. Ich hörte die Wellen, spürte den Sand, roch das Salz im Meer, bemerkte den Kirschgeschmack des Labello auf meinen Lippen und nahm das manische Aussehen des Fremden in mir auf, der mir nun mit einer Nadel in meinen Hals stach.

Die Wirkung trat unverzüglich ein. Ich war kaum in der Lage zu atmen, geschweige denn zu schreien. Nachdem ich buchstäblich alles hatte spüren können, spürte ich nun absolut gar nichts mehr.

Mein letzter Gedanke bestand darin, dass ich Ben vielleicht niemals wiedersehen würde.

Kapitel 4: Sofia

Ich blinzelte mehrere Male und hoffte, dadurch deutlicher sehen zu können. Keine Chance. Ich war von Dunkelheit umgeben.

Meine Platzangst drohte, mich zu überwältigen. Ich fürchtete, dass ich mich in irgendeiner Art geschlossenem Raum aufhielt, doch als ich meine Hände ausstreckte, überzeugte das kalte, luftige Gefühl mich schon bald davon, dass das nicht der Fall war.

Als ich aufstand, wurde mir schnell klar, dass der Mangel an Licht meine kleinste Sorge war. Eiserne Fesseln waren an meinen Handgelenken und Knöcheln befestigt. Ich versuchte, an den Ketten zu ziehen, doch die waren fest in der Wand verankert.

Ich ließ meine Hände über meinen Körper gleiten. Sowohl meine Jacke als auch mein Bikini waren immer noch feucht. Ich zitterte, zog meine Knie dicht an meinen Oberkörper heran und versuchte, mir die Wärme zu bewahren, die ich noch besaß. Die Kälte begann, in meine Kehle zu sickern und ließ sie schmerzen. Ich würde krank werden, wenn ich noch sehr viel länger in dieser Kleidung verbleiben müsste.

Trotz der Kälte formten sich Schweißperlen auf meiner Stirn.

Wo war ich?

»Hallo?«, hallte meine Stimme im Raum herum.

Mein Rufen wurde von Stille erwidert. Die einzigen Geräusche, die zu hören waren, waren ein gelegentliches Tropfen und meine eigene unregelmäßige Atmung.

Ich dachte, meine Augen würden sich an die Dunkelheit gewöhnen. Doch ich konnte immer noch nicht deutlicher sehen als in dem Moment, als ich sie geöffnet hatte.

Ich kniete mich hin und strich mit meinen Handflächen über die ungewohnte Oberfläche, auf der ich saß. Zuerst hatte ich gedacht, es sei ein grober Teppich, doch nun, da ich sie unter meinen Fingern spürte, wurde mir klar, dass sie aus Stroh war. *Warum Stroh?* Mein Geist begann, die Bilder eines mittelalterlichen Kerkers heraufzubeschwören.

Ich wollte gerade noch einmal rufen, doch mir versagte die Stimme. Außerhalb des Raumes erklangen Schritte. Sekunden später öffnete sich eine Tür. Glühendes Licht strahlte hinein und blendete mich.

Meine Augen hatten sich noch nicht einmal ganz an die Lichtveränderungen gewöhnt, als ich spürte, wie eine Hand nach meiner Kehle griff und mich nach oben zog. Es war der Fremde vom Strand.

»Wer sind Sie?«, rief ich. Ich stellte diese Frage nicht unbedingt, um eine Antwort darauf zu bekommen. Ich musste nur einfach die Stille durchbrechen in der Hoffnung, meinen rasenden Herzschlag zu verbergen.

Sein Griff festigte sich nur, als ich mich wehrte. Er hob eine Hand an und strich eine Haarsträhne aus meinem Gesicht. Ich zuckte bei seiner Berührung zusammen. Er drückte mich gegen die Wand und hielt mich dort fest. Ich schnappte nach Luft, als sein Gewicht mich zu erdrücken drohte.

»Willkommen im Schattenreich, Sofia.« Er lehnte sich näher an mich heran, sodass ich seinen kühlen Atem an meinem Ohr spüren konnte. »Du bist eine rechte Schönheit, oder nicht?«

Aus seinem Mund klang das eher wie eine Beleidigung als ein Kompliment.

Meine Angst wurde schnell durch Wut ersetzt. Ich

sammelte all meine Kraft zusammen, die ich besaß, und versuchte noch einmal, ihn wegzustoßen. Als ich gegen ihn ankämpfte, drückte die Betonmauer hinter mir sich durch meine dünne Jacke hindurch und zerkratzte meine Haut.

Er lächelte, als ich es nicht einmal annähernd schaffte, ihn wegzuschieben.

»Lassen Sie mich los!«

Er griff mit einer Hand nach meinem Haar und mit der anderen nach meinem Kinn. Er lehnte sich mit seinem Gesicht noch näher an mich heran, sodass unsere Nasenspitzen sich beinahe berührten.

»Du befindest dich nicht in der Position, ungestüme Forderungen zu stellen.« Seine Hände lösten sich von meinem Haar und meinem Kinn, bevor er begann, meinen Körper an Stellen zu begrapschen, die außer mir noch niemals jemand berührt hatte. Sein Blick löste sich niemals von mir, selbst als ich versuchte, vor seiner Berührung zurückzuweichen.

»Es gibt kein Entkommen. Wenn du überleben willst, musst du lernen, dass du in diesem Königreich nur existierst, um zu gehorchen. Tu, was dir befohlen wird, und es besteht die Möglichkeit, dass wir dich zumindest am Leben lassen.«

Königreich? Was?

Ich spuckte ihm ins Gesicht. Es war die einzige Trotzhandlung, die ich zustande bringen konnte, solange sein Gewicht sich gegen mich drückte.

Mein Siegesgefühl dauerte etwa eine Sekunde an. Er wischte sich mit seinem Handrücken über sein Gesicht und griff nach meinem Hals.

»Du hast mich gefragt, was ich von dir will. Es gibt eigentlich nur eines, das du mir geben kannst, Sofia.«

Ich starrte ihn mit der Entschlossenheit an, zumindest mit Würde und Selbstachtung unterzugehen. »Was?«

Seine Antwort ließ einen Schauer meinen Rücken hinunterlaufen.

»Dich.«

Fänge traten aus seinem Mund hervor. Er drückte meinen Kopf auf die Seite und entblößte meinen Hals. Ich fühlte mich wie in einem Traum, doch so sehr ich auch versuchte, mich durch Kneifen selbst aufzuwecken, es gab kein Entrinnen.

Ich war davon überzeugt, dass ich entweder mit einem Halluzinogen betäubt worden war oder die Krankheit meiner Mutter mich schließlich übermannt hatte, denn in diesem Augenblick glaubte ich, dass ich kurz davor war, bei lebendigem Leib von einem Vampir verspeist zu werden.

Kapitel 5: Sofia

Bevor ich mich in einem erneuten Anfall verlieren konnte, schoss eine durchdringende weibliche Stimme durch die Kammer.

»Lucas!«

Die scharfe Spitze seiner Fänge hatte gerade begonnen, meine Haut zu durchstechen. Er knurrte voller Frust und drückte mich weg. Mein Kopf schlug gegen die Betonmauer hinter mir.

Leise verfluchte ich ihn. *Du heißt also Lucas.*

»Was tust du da?«, wollte die weibliche Stimme wissen.

Ich streckte mich, um zu sehen, wer meine Retterin war, doch Lucas versperrte mir die Sicht.

»Was glaubst du, was ich hier tue, Vivienne?« Als sein Brustkorb sich hob und senkte, sah er so aus, als wäre er bereit, dieser Vivienne den Kopf abzureißen. »Es tut mir so leid, Sofia, Liebes«, sagte er und wandte sich wieder mir zu. Er schaute mich an, als wäre ich seine Verbündete. »Es sieht so aus, als könnte meine Schwester die Dinge nicht einfach ihrem Lauf überlassen.«

Schwester. Mir wurde das Herz schwer.

»Ich habe dir gesagt, du sollst sie mit den anderen in die Zelle stecken«, sagte Vivienne. »Sie ist nicht dafür gedacht, dass du dich an ihr labst.«

»Ich habe sie gefunden«, knurrte er.

»Du hast sie für Derek gefunden.«

Lucas ballte die Fäuste. »Ich behalte immer die Mädchen, die ich auf diesen Jagden finde.«

»Du hast bereits genügend in deinem Quartier. Du musst dieses nicht auch noch behalten. Corrine hat es deutlich gemacht, dass die jungen Frauen, die heute Nacht gefunden werden, für Derek gedacht sind, wenn er aufwacht.«

Lucas beäugte mich. Sein Adamsapfel bewegte sich, als er schluckte, nachdem er des Leckerbissens beraubt worden war, nach dem er sich so verzweifelt gesehnt hatte.

Er nahm noch einmal mein Gesicht in seine Hände und ließ seinen Daumen über meine Lippen gleiten. »Dieser zerbrechliche dünne Zweig kann doch unmöglich die Eine sein«, murmelte er, als sein Blick sich verdunkelte. »Ich verstehe nicht, warum alle Corrine zu Füßen liegen. Egal, was diese Hexe sagt, Dornröschen hat bisher keinen Hinweis darauf gegeben, so bald aufzuwachen.«

»Derek wird in Kürze erwachen. Je eher du das akzeptierst, desto besser wird es uns allen ergehen.«

Lucas hielt inne, und sein Kiefer verkrampfte sich. »Warum ziehst du ihn mir ständig vor?«

»Dafür ist jetzt nicht der richtige Zeitpunkt —«

»Warum bist du ihm gegenüber so ergeben?« Lucas hob seine Schultern an.

Stille breitete sich zwischen den Geschwistern aus. Vivienne seufzte. »Trotz allem, was du glaubst, hat es nichts mit der Tatsache zu tun, dass er mein Zwillingsbruder ist. Es geht nur darum, wer du bist und wer er ist. Ich liebe dich, Lucas, aber du musst akzeptieren, dass du nicht derjenige bist, der herrschen soll.« Ihre Worte waren streng, doch nicht ohne einen Hauch von Zuneigung.

Schmerz flackerte in Lucas Augen auf. Und dann Zorn, den er an mir ausließ. Er klammerte eine Hand um meinen Hals und behinderte dadurch meine Atmung. Eine Kralle trat aus seinem Daumen hervor. Ich stöhnte, als er mit ihr über meine Unterlippe strich und dort einen Schnitt hinterließ.

»Lucas. Hör auf!«, rief Vivienne.

Er ließ mich los und gestattete es mir, nach Luft zu schnappen. Als er zurückwich, starrte er auf mich hinab, als wäre ich das widerlichste Ding, das er jemals in seinem Leben gesehen hatte.

»Ich versuche nur, dir dabei zu helfen, deinen geliebten Derek aufzuwecken, Vivienne. Bring dieses kleine Biest zu ihm, und lass es Dornröschen küssen. Der Geschmack ihres Blutes könnte den Prinz dazu bewegen aufzuwachen.« Lucas machte sich auf den Weg zur Tür, doch hielt an, um seine Schwester finster anzuschauen. »So stellst du dir Dereks Erwachen doch vor, oder? Genau wie in einem Märchen?«

Erleichterung überkam mich, als er schließlich hinausstolzierte und die Tür hinter sich zuschlug. Ich blickte durch den Raum und sah Vivienne zum ersten Mal in die Augen.

Wenn ich Lucas für hübsch gehalten habe, war Vivienne noch sehr viel überwältigender anzuschauen. Sie war einige Zentimeter kleiner als ihr Bruder, doch sie hatte das gleiche dunkle Haar und die blasse Hautfarbe. Ihre Augen waren jedoch anders. Bei dem Licht in diesem Raum sahen sie fast violett aus.

Sie beäugte mich misstrauisch, als wäre ich eine schwere Last, die sie zu tragen hätte.

»Danke«, hauchte ich. Nachdem ich für den Augenblick die Gedanken an das Grauen verdrängt hatte, dem sie mich aussetzen könnte, meinte ich es ehrlich.

»Du musst wissen, Mädchen, dass du hier gar nichts bist. Du bist nichts weiter als eine Schachfigur, ein Bauer, der dafür benutzt wird, um das Spiel in Gang zu halten. Deine beste Chance zu überleben besteht darin, Dereks Zuneigung zu gewinnen. Doch nach allem, was ich über meinen Bruder weiß, bin ich mir nicht sicher, ob das überhaupt möglich ist.«

Bauer? Schachfigur? Zuneigung gewinnen? Noch vor einigen Stunden war ich eine Touristin, die am Strand spazieren ging. Obwohl ich nicht verstand, wovon sie sprach, ließen ihre Worte meine Hoffnung endgültig zerplatzen.

Wo auch immer dieser Ort mit dem Namen »Schattenreich« lag, ich hatte keine Verbündeten. Keine Freunde. Ich konnte mich nur auf mich selbst verlassen. Und das war, wie ich feststellte, der Aspekt meiner misslichen Lage, der mich am meisten ängstigte. Denn wie konnte ich mich auf jemanden verlassen, dem ich nicht vertraute?

Kapitel 6: Sofia

Die Frau ließ mich in dem Kerker allein, bevor ich die Möglichkeit hatte, ihr auch nur eine einzige Frage zu stellen. Ich riss an meinen Ketten, rief hinter ihr her und flehte sie an, mich gehen zu lassen. Als fünf Minuten später Schritte vor der Tür zu hören waren, dachte ich, dass sie vielleicht zu mir zurückgekehrt war. Doch als die Tür sich öffnete, fiel mein Blick auf einen großen, blonden Mann mit ungewöhnlichen gelb-goldenen Augen. Er trug einen schwarzen Umhang, an dem eine rote Anstecknadel angebracht war. Seine Hautfarbe war blass, genauso wie die von Lucas und Vivienne.

Er bewegte sich mit einer unmöglichen Geschwindigkeit

durch den Raum, wobei die Schlüssel in seiner Hand klimperten, als er meine Fesseln löste. Schnell lief ich auf die Tür zu, doch starke, eiskalte Hände ergriffen meine Handgelenke, noch bevor ich es geschafft hatte, mich auch nur einen Meter von ihm zu entfernen.

»Was tun Sie da?«, keuchte ich und wehrte mich gegen seinen Griff.

Er antwortete mir, indem er meine Arme hinter meinem Rücken verschränkte und mir Handschellen anlegte. Er befestigte diese Fesseln an seinem Gürtel und begann, vorwärts zu gehen, wobei er mich hinter sich her zog wie einen Hund an der Leine. Ich musste mir große Mühe geben, um mit seinem Tempo Schritt halten zu können, wenn ich es nicht riskieren wollte zu fallen und hinter ihm her gezerrt zu werden.

Nachdem wir die Kammer verlassen hatten, gingen wir durch einen langen, dunklen Gang. Die Wände waren aus rauem Granit. Es war mehr wie ein Tunnel. Unsere Schritte hallten von den Wänden wider.

»Was sind Sie?«

Er warf mir einen Blick zu, doch seine Lippen blieben versiegelt.

Als wir um eine Ecke bogen, ergriff ich mit beiden Händen die Wand, presste meine Hände in eine Spalte und zog mich von ihm weg. Ich erwartete, dass diese Bewegung ihn zumindest vorübergehend zum Stehen bringen würde, doch sie tat es nicht. Er bewegte sich auch weiterhin im gleichen Tempo vorwärts, als würde ihn nichts zurückhalten. Der raue Stein zerkratzte meine Handflächen, als ich zurückgerissen wurde. Erst als ich stolperte und auf den Boden fiel, hielt er an. Er hatte nicht einmal bemerkt, dass ich versucht hatte, mich an der Wand festzuhalten.

Was sind diese Menschen?

Er ergriff meine Schultern, zog mich nach oben und stellte mich wieder auf meine Füße. Er beäugte meine zerschundenen Knie und blickte mich finster an. Seine Hand suchte sich ihren Weg um meine Taille herum, und bevor ich mich versah, hatte er mich über seine Schulter geworfen, sodass mein Kopf nach unten baumelte.

Ich trat um mich, doch sein Griff festigte sich und drückte meinen Magen gegen seine kantige Schulter, sodass es mir schwer fiel zu atmen. Ich hatte keine andere Möglichkeit, als mich zu ergeben.

In dieser merkwürdigen Position war es schwer zu sehen, wo wir hingingen. Doch schon bald begann der Mann, eine Wendeltreppe hinabzuschreiten. Mir drehte sich der Magen um, wann immer er um eine Ecke bog. Die Treppe hatte kein Geländer, und mehr als einmal dachte ich, ich hätte den Blick auf einen schwarzen Abgrund darunter erhascht, der sich… ich wusste nicht wie viele Hunderte von Metern erstreckte. Mit jedem weiteren Schritt schien die Temperatur weiter zu sinken.

Schließlich verließ er die Treppe, und nachdem er mehrere Meter in einem anderen Gang zurückgelegt hatte, hörte ich das Quietschen einer Tür, die aufgestoßen wurde.

Der Mann trat ein, doch erst nachdem er die Tür wieder geschlossen hatte, stellte er mich zurück auf meine Füße. Das Blut floss plötzlich aus meinem Kopf heraus, sodass mir schwindelig wurde und ich nach der Wand greifen musste, um mich festzuhalten. Wir befanden uns in einer anderen Art von dämmeriger Kammer.

Als ich wieder deutlich sehen konnte, fiel mein Blick auf ein bekanntes Gesicht. Vivienne. Sie stand neben zwei weiteren großen, blassen Männern — beide trugen die gleiche Kleidung wie der Mann, an den ich angekettet war — schwarze Umhänge mit blutroten Anstecknadeln.

Vivienne warf mir einen kurzen Blick zu, bevor sie sich an meinen Begleiter wandte.

»Gut«, sagte sie, »nun kannst du mir helfen, die anderen zusammenzusammeln.«

Mein Begleiter zog mich hinter sich her. Vivienne öffnete eine Tür, durch die wir hindurchtraten. Eine Welle abgestandener Luft spülte über mich hinweg, als wir uns an dem Ende eines langen, weiten Ganges wiederfanden — nicht heller als der Raum, den wir gerade verlassen hatten.

Beide Seiten wurden von eisernen Stäben gesäumt. Schreie und Wimmern hallten von den Steinwänden wider. Als mein Begleiter mich vorwärts zog und ich durch die ersten Stäbe schauen konnte, fiel mein Blick auf eine Zelle, die ein Dutzend Männer und Frauen beherbergte — jung wie alt. Sie kauerten so weit wie nur irgend möglich von der Zellentür entfernt. Ihre Kleidung war schmutzig und zerrissen. Unter ihren Augen befanden sich große, dunkle Ringe, und sie waren alle so dünn, dass ich mich fragte, wie lange es schon her war, seitdem sie das letzte Mal gegessen hatten.

Es gab einen hörbaren Seufzer der Erleichterung, als wir an ihnen vorbeigingen, der nur von einem weiteren Ausbruch von Schreien ersetzt wurde, als wir uns der nächsten Zelle näherten. Vivienne ging immer noch voraus, und wir bewegten uns von einer Zelle zur anderen, bis wir die fünfte erreichten, und sie hielt an. Sie zeigte durch die Gitterstäbe hindurch auf ein Mädchen mit langem, blondem Haar, das in einer Ecke zusammengekauert saß.

»Die da.«

Einer der Männer, die neben Vivienne standen, öffnete die Tür und ging hinein. Als er sie hochzog, stellte ich fest, dass sie so aussah, als wäre sie etwa in meinem Alter. Sie kämpfte und kratzte, als der Mann sie hinauszerrte und ihr Handschellen anlegte. Er befestigte sie genauso an seinem

Gürtel, wie mein Begleiter es mit mir getan hatte.

Ich schaute dem Mädchen in die Augen. Sie sah genauso angsterfüllt aus, wie ich mich fühlte. Unser Blickkontakt wurde gelöst, als ihr Begleiter an ihrer Kette riss und sie zwang, nach vorn zu schauen.

An der nächsten Zelle hielt Vivienne wieder an und zeigte auf eine weitere junge Frau mit dunklem Haar und grauen Augen. Ihr Gesicht war dreckverschmiert, und ihr Körper war verwahrloster als der der Blonden. Vielleicht war sie schon länger hier eingesperrt gewesen. Der dritte Mann, der derzeit niemanden an sich gekettet hatte, holte sie heraus.

Unser nächster Halt war an einer Zelle am Ende des Ganges. Ein weiteres blondhaariges Mädchen. Während mein Wächter mich mit sich in die Zelle hineinzerrte, zog er sie nach oben und kettete sie auf seiner anderen Seite an. Ich wünschte mir, dass sie auf meiner Seite stünde. Ich hätte gern ihre Wärme gespürt und einen anderen Menschen neben mir gehabt, selbst wenn sie genauso hilflos war wie ich.

Als der Mann uns beide zur Tür zurückzog, kreischte eine ältere Frau und sprang in dem Versuch auf das Mädchen zu, sie zurück zu zerren. Das Mädchen schrie, als der Wächter eine Hand anhob und auf die Frau einschlug. Sie fiel mit einem stumpfen Geräusch auf die Erde, als ihr Schädel auf dem Boden aufkam.

»Warum tun Sie das?«, brachte ich mühselig hervor.

Es war nicht mein Wächter, der mir antwortete, sondern Vivienne selbst. Sie drehte sich zu mir. »Stell keine Fragen! Dir werden Informationen gegeben, falls und wenn es nötig ist.«

Sie drehte sich wieder zurück und fuhr damit fort, uns vorwärts zu führen.

Als wir noch einmal anhielten — vor der letzten Zelle auf der gegenüberliegenden Seite des Gefängnisses — waren wir einmal im Kreis gegangen. Nachdem einer der anderen Wächter noch eine weitere junge Frau herausgezogen hatte, blickte Vivienne uns eine nach der anderen an. Ich erschauerte, als ich spürte, wie die Männer uns ebenfalls beäugten.

»Fünf wird genügen«, sagte Vivienne, »zumindest für den Augenblick.«

Die Arme der Wächter schlangen sich um unsere Taillen und warfen uns über ihre Schultern — mein Wächter trug sowohl mich als auch die dünne Blonde. Wir verließen das Gefängnis und begannen, in einem Tempo vorwärtszueilen, das mir noch einmal Atemschwierigkeiten bereitete. Ich versuchte, kurze Blicke auf meine Umgebung zu erhaschen, doch alles um mich herum war verschwommen. Ich wusste nicht, wohin wir gingen oder ob die anderen sich noch in unserer Nähe aufhielten.

Als der Mann schließlich anhielt und mich auf den Boden herunterließ, sank ich auf meine Knie, hielt mir den Kopf und versuchte, mich zu beruhigen.

In dem Moment merkte ich, dass ich auf weichem Gras saß. Eine kühle Brise strich über mein Gesicht. Als mein Sehvermögen wiederhergestellt war, schaute ich mich um. Vivienne, zusammen mit all den anderen Mädchen und den Wächtern, stand einige Meter von mir entfernt. Die Mädchen sahen so aus, als würden sie sich in einem ähnlichen Zustand der Verwirrung befinden, als sie von ihren Wächtern auf die Füße gezogen wurden. Wir befanden uns auf einer dunklen, grasbewachsenen Lichtung. Ich starrte auf eine riesige Eichentür hinter uns, die immer noch halboffen stand. Ich konzentrierte mich auf eine graue Steinmauer daneben. Mein Blick schoss nach oben. In dem Moment wurde mir klar, dass dies keine Mauer war. Wir standen an dem Fuß eines Berges, dessen scharfe Gipfel über uns ragten. Ich schnappte nach Luft, als diese Erkenntnis mich überkam. Das Netzwerk der Tunnel, aus denen wir gerade hervorgetreten waren, befand sich in einer ausgedehnten Bergkette.

Mein Wächter zog mich gewaltsam hoch und drehte mein Gesicht nach vorn. Am Rand der Lichtung standen Bäume. Bäume, die so groß waren, dass ich kaum ihre Wipfel erkennen. Ich schnappte nach Luft. Dieses waren Rotbuchen von einer Größe, wie ich sie noch nicht einmal in Büchern gesehen hatte.

»Wir sollten weitergehen«, bemerkte Vivienne.

Der Wächter riss an seinen Ketten und zwang mich und das Mädchen neben mir, uns in Bewegung zu setzen. Nachdem wir die Lichtung überquert und den Wald betreten hatten, fiel ich einen Schritt zurück und streckte meinen Arm zur Seite, um die Hand des Mädchens zu ergreifen, das mit mir zusammen auf der anderen Seite des Wächters ging. Ihr erschrecktes Gesicht schoss in meine Richtung. Ich bremste sie ein wenig, sodass sie sich meinem Tempo anpasste. Ich wollte gerade mit ihr sprechen, doch der Wächter hatte meinen Versuch bereits bemerkt. Er ergriff unsere Arme und trennte uns wieder voneinander.

Die Männer hoben uns wieder auf und begannen, vorwärts durch den Wald zu laufen, jedoch etwas langsamer als sie es in den Tunneln mit den Gefängnissen getan hatten. Dieses Mal konnte ich meine Umgebung besser erkennen. Die Bäume hier waren so dick und das Blattwerk über uns so dicht, dass es mit Ausnahme einiger Strahlen des Mondlichts, das an einigen Stellen durch die Blätter hindurchschien, stockdunkel war. Abgesehen von dem Knirschen der Füße der Wächter auf dem Untergrund war die Nacht unheimlich ruhig. Meine Ohren nahmen das sanfte Rascheln der Bäume im Wind, das gelegentliche

Grunzen irgendeines fremden Waldtieres und das schwere Atmen der vorwärtspreschenden Männer wahr.

»Wohin gehen wir?«, fragte ich.

Ich wurde wieder ignoriert. Doch das Mädchen neben mir warf mir einen weiteren kurzen Blick zu, als wir beide mit dem Kopf nach unten über der kräftigen Schulter unseres Wächters hingen.

»Ich bin Gwen«, flüsterte sie.

»Sofia.«

Sie schien zu viel Angst davor zu haben, von unserem Wächter bestraft zu werden, wenn wir weiterhin miteinander sprachen, daher war sie danach sehr wortkarg. Wie wir so dort hingen und wie Fleischbrocken herumgeschüttelt wurden, hätten wir uns sowieso nicht ausführlich unterhalten können.

Der Mann kam zum Stehen, und ich merkte, wie ich wieder auf den Boden gestellt wurde. Ich griff mit meinen verschwitzten Händen nach der Kette, die mich an ihn fesselte, und starrte durch die Baumstämme hindurch auf eine Öffnung, die gerade erst aufgetaucht war. Ein warmes Licht schien durch sie hindurch, und als wir uns auf einem Schotterweg näherten, sah ich zum ersten Mal, seitdem ich Cancún verlassen hatte, Anzeichen von Zivilisation.

»Das hier, Mädchen«, rief einer der Wächter aus, ohne sich die Mühe zu machen, sein anhaltendes Starren zu verbergen, »ist das Tal.«

Der Schotterweg führte zu einer Straße aus Kopfsteinpflaster, die von brennenden Laternen erleuchtet wurde, die an der Außenseite der Gebäude befestigt waren. Mein Blick weitete sich, als ich versuchte, die Eindrücke um mich herum zu verstehen. Die Gebäude, die die Straße säumten, waren wie Stadthäuser, die man in einer modernen Stadt finden kann. Und doch, als wir tiefer in den Ort hineingingen und an verschiedenen Straßen vorbeikamen, sahen manche Gebäude so aus, als stammten sie aus dem Mittelalter. Sie hatten raue Steinwände und strohgedeckte Dächer. Es kam mir so vor, als würde dieser Ort die Vergangenheit mit der Gegenwart vermischen. Ich fragte mich, wie lange es schon her war, seitdem dieser Ort gegründet worden war.

Massen von blasshäutigen Männern und Frauen liefen umher — als wäre es das normalste der Welt, zu dieser gottlosen Stunde der Nacht spazieren zu gehen.

Wir bogen auf dem Labyrinth der Straßen ein halbes Dutzend Mal ab, bis wir einen Platz erreichten. Vivienne ließ uns alle vor einem zweistöckigen Gebäude mit getönten Glasfenstern und einem pastellblauen Äußeren anhalten.

Aus dem Augenwinkel heraus bemerkte ich Gwens Reaktion, doch sie war von dem Anblick des Gebäudes, das wir im nächsten Augenblick betreten sollten, wie versteinert.

Wir wurden durch Glastüren in einen kleinen Raum mit einer runden Decke hineingeführt. In der Mitte befand sich ein mit Juwelen besetzter Brunnen. Ich rutschte auf dem Boden fast aus. Er war aus schimmerndem Marmor. Ein schwerer Geruch von ätherischen Ölen hing in der Luft.

Eine Frau mittleren Alters mit buschigem, braunem Haar kam ins Zimmer geeilt. Ihr Blick fiel auf jede von uns, bevor sie Vivienne und den Wächtern zunickte.

»Ich werde jetzt gehen«, sagte Vivienne und ergriff den Arm des Mannes, der mich hielt. »Du weißt, wo du sie hinbringen musst. Verspäte dich nicht!«

Mir drehte sich der Magen um, als ich Vivienne dabei beobachtete, wie sie davoneilte. Nachdem die Wächter unsere Ketten entfernt hatten, übernahm die Brünette die Führung. Sie trieb uns alle zusammen und führte uns eine Treppe hinunter. Wir fanden uns in einer unterirdischen Kammer wieder. Sie sah aus wie… ein römisches Heilbad. Kunstvoll geformte Säulen stützten die Decke. Es gab ein Schwimmbecken, mehrere dampfende Whirlpools, gepolsterte Massageliegen, Pediküre- und Maniküreutensilien, Töpfe mit Wachs und zahllose Flaschen mit Öl, die auf den Regalen an der Wand standen.

Mein Mund fühlte sich trocken an, sodass ich kaum schlucken konnte, ohne dass es wehtat.

»Ihr könnt uns jetzt allein lassen«, sagte die Frau und

beäugte die Männer.

Die Wächter warfen uns allen einen letzten Blick zu, bevor sie die Treppe zurück nach oben gingen. Ein durchdringendes Geräusch hallte durch die große Kammer, als die Tür zugeworfen wurde.

Alle unsere Blicke fielen auf die Frau, doch diese hatte uns den Rücken zugekehrt und ging in Richtung eines der Bäder.

»Katya, Marie«, rief sie, wobei ihre Stimme die Stille der höhlenartigen Kammer durchdrang, »sie sind hier.«

Zwei junge Frauen eilten in den Raum und brachten schwarze Taschen. Sie setzten sie neben den Massageliegen ab und begannen, Handtücher auszupacken.

Die Brünette gab jeder von uns einen dicken Bademantel und zeigte auf die Whirlpools. »Es ist jetzt für euch alle an der Zeit, dort hineinzugehen.«

Keine von uns bewegte sich. Ich trat nach vorn und ergriff den Unterarm der Frau. Im Gegensatz zu den Kreaturen, die uns gerade verlassen hatten, war sie warm. Ich bemerkte den ersten wirklichen Funken einer Hoffnung, seitdem ich an diesem verrückten Ort angekommen war. Doch ich hatte kaum meinen Mund geöffnet, um zu sprechen, als sie einen Finger an ihre Lippen hielt und mich zum Schweigen brachte. »Ich bin nicht hier, um irgendetwas zu sagen. Ich tue nur meine Pflicht, verstehst du?«

»Bitte, lassen Sie uns gehen!« Das blonde Mädchen trat

nach vorn, wobei Schweißperlen auf ihrer Stirn zu erkennen waren.

»Ich kann nicht. Und ich schlage vor, ihr hört auf, mich zu bedrängen. Oben warten die Wächter. Ich habe sie nur weggeschickt, um euch etwas Privatsphäre zu geben, doch ich kann sie wieder zurückrufen, und, glaubt mir, sie würden gern kommen.«

Sie führte uns zu den Bädern. Die zwei jüngeren Frauen, Katya und Marie, setzten sich mit uns hinein und rieben uns mit Schwämmen ab. Als sie fertig waren, zogen wir die Bademäntel fest um uns herum und traten heraus. Zumindest fühlte es sich so an, als wären wir hier unten in Sicherheit. Je länger wir in diesem Bad blieben, desto besser.

Nachdem wir uns abgetrocknet hatten, führten die Brünette, Katya und Marie eine Reihe von Schönheitsbehandlungen an uns durch — eine Massage, Maniküre, Pediküre und eine kosmetische Gesichtsbehandlung. Wir wurden mit einem schweren Parfum besprüht und betraten ein Ankleidezimmer, in dem eine andere Frau jeder von uns ein Paket mit Kleidern reichte.

Mir zog sich der Magen zusammen, als ich die Spitzenunterwäsche und das perlenweiße Kleid berührte, die ich in meinem Paket gefunden hatte. Mein Herz raste in meiner Brust.

Wer auch immer dieser Derek war, sie bereiteten uns für ihn vor.

Ich zitterte, als ich mich anzog, wobei das Kleid meine Kurven an genau den richtigen Stellen betonte. Ich konnte mich nicht daran erinnern, mich jemals in meinem Leben hübscher gefühlt zu haben als in diesem Augenblick, und doch spürte ich nichts weiter als Angst.

»Du siehst hinreißend aus«, sagte Marie, als sie mir dabei half, den Reißverschluss am Rücken meines Kleides zu schließen.

»Wofür ist das alles?«, flüsterte ich mit heiserer Stimme. Marie schien gesprächsbereiter zu sein als die ältere Dame, also versuchte ich mein Glück bei ihr.

»Ihr seid dafür vorgesehen, Mitglieder des Harems des Prinzen zu werden«, sagte sie. »Alle Höhergestellten des Schattenreiches haben einen eigenen Harem. Ihr Mädchen habt Glück, dafür auserwählt worden zu sein, dem legendären Derek Novak selbst dienen zu dürfen.«

»W — wer ist Derek Novak?«

»Es tut mir leid. Mehr kann ich dir nicht sagen… doch ich gebe dir einen guten Rat: Du kannst es dir nicht leisten, ihn zu verärgern.« Sie ließ ihre Finger durch mein Haar gleiten. »Doch schau nicht so besorgt drein! Du siehst umwerfend aus. Ich bezweifle, dass es dir schwerfallen wird, ihn zufriedenzustellen.«

Und damit ging sie davon.

Ihn zufriedenzustellen.

Mir lief ein Schauer den Rücken hinunter. Panik stieg in mir auf, und ich lief hinter ihr her. »Warte!«, rief ich, holte sie ein und ergriff ihren Arm. »Bitte —«

»Es ist Zeit zu gehen«, sagte eine grobe männliche Stimme hinter mir.

Ich wirbelte herum und sah, wie die Wächter das Ankleidezimmer betraten. Der Mann mit den gelb-goldenen Augen zog mich von der Frau weg und kettete mich erneut an sich. Zusammen mit den anderen Mädchen zerrte er mich aus dem Raum. Ich kämpfte gegen ihn an, als wir das Bad verließen, doch sein Griff wurde nur fester. Er schaute zu mir hinunter, als wir unseren Rückweg über die kopfsteingepflasterten Straßen des Tals antraten.

»Der Prinz hat verdammtes Glück«, murmelte er in sich hinein.

Wir eilten zurück in den Wald und setzten unseren Weg schweigend fort, bis wir eine weitere Lichtung erreichten. In der Mitte eines Innenhofes stand ein prächtiges Gebäude aus Marmor — es sah in gewisser Weise wie ein Tempel aus, mit einem makellosen weißen Äußeren und einem juwelenbesetzten Dach. Das Mondlicht ließ es mitten in der Schwärze der Nacht erstrahlen.

Sie entfernten unsere Handschellen und führten uns

durch die Vordertür. Meine Kehle schnürte sich zu, als wir einen von Laternen erhellten Flur betraten. Vor uns standen Vivienne und Lucas. Als Lucas seinen Blick auf mir ruhen ließ, verdrehte es mir den Magen. Er lächelte höhnisch und sagte:

»Willkommen in der Heiligen Stätte.«

Kapitel 7: Derek

In dem Moment, als meine Augen sich öffneten, konnte ich im Umkreis von fast einem halben Kilometer alles hören, alles riechen und alles spüren. Ich war davon überzeugt, dass dieses Gefühl allein meinen Körper in einen Schockzustand versetzen würde, bis mein Blick auf ein bekanntes Gesicht fiel. Eine dralle Schönheit mit hellbrauner Haut und abgestuften, kastanienbraunen Locken. Die Frau, der ich genügend vertraut hatte, um mir das Entkommen von allem zu ermöglichen.

»Cora?«

Das Letzte, woran ich mich erinnern konnte, war der Anblick von Coras Gesicht, als ich einschlummerte. Es fühlte sich so an, als hätte ich nur einige Augenblicke geschlafen, bevor ich wieder wachgerüttelt wurde. Ich fragte mich, ob etwas mit dem Zauber schief gegangen war.

Mir fiel auf, dass diese Hexe jünger aussah. Sie schüttelte ihren Kopf.

»Ich bin nicht Cora. Ich bin Corrine.«

Ich drückte mich von der Steinplatte ab, die als mein Ruheplatz gedient hatte. Für wie lange konnte ich nur erraten. Ich befand mich in einer von Kerzen erleuchteten Halle mit einem Marmorfußboden und riesigen Säulen. Die ersten Worte, die mir in den Sinn kamen, als ich diesen Ort inspizierte, waren *Heilige Stätte.*

Ich beäugte die junge Frau misstrauisch. Es dauerte einen Augenblick, bis ich ihre merkwürdige Kleidung bemerkte. Vielleicht war mehr Zeit vergangen, als ich gedacht hatte. Doch das spielte jetzt keine Rolle.

Ich hätte nicht aufwachen sollen. Niemals.

Ärgerlich über die Tatsache, dass ich erwacht war, obwohl ich ausdrücklich ein ewigwährendes Entkommen verlangt hatte, gab ich als Prinz des Schattenreiches lautstark einen Befehl.

»Ich will Cora sehen. Bringt sie zu mir!«

Ich hasste den autoritären Ton, den meine Stimme wie von selbst annahm. Wer war ich schon, Befehle zu erteilen? Ich war kein Prinz — ebenso wenig wie der Retter, der zu sein Vivienne von mir erwartete.

Die Prophezeiung, die sie gemacht hatte, kurz nachdem wir in Vampire verwandelt worden waren, verfolgte mich.

Der Jüngere wird über den Vater und den Bruder herrschen, und nur seine Herrschaft allein kann seiner Art wahren Schutz bieten.

Ich erinnerte mich immer noch an den Blick auf Viviennes Gesicht, als sie diese Worte ausgesprochen hatte. Und den zornigen Ausdruck meines Vaters und meines Bruders.

Ich riss mich selbst aus meinem nostalgischen Anfall heraus und sah die Frau vor mir mit hochgezogenen Augenbrauen an. *Warum bewegte sie sich nicht?*

Trotz meiner Bedenken über das Herrschen war ich es nicht gewohnt, dass andere mir nicht gehorchten. Nachdem ich einige hundert Jahre um das Überleben gekämpft und meinen Zirkel in das Schattenreich geführt hatte, war es für mich normal geworden, dass andere mich ehrten und mir folgten. Ich war mir nicht sicher, ob ich das an mir mochte, aber so war es nun einmal.

»Möchtet Ihr, dass wir ihr Grab öffnen, Hoheit? Ich bezweifle, dass ihre Gebeine Euch von großem Nutzen sein werden.«

Ich verzog das Gesicht. *Hoheit.* Eine Erinnerung an den Tag, an dem mein Vater die törichte Idee unseres Zirkels übernahm und sich selbst zum König des Schattenreiches ernannte. Doch der Titel störte mich nicht so sehr wie die Neuigkeit von Coras Ableben. Ich schluckte schwer und ergriff die Kanten meines steinernen Bettes.

Das Pochen in meinen Adern machte es deutlich, wonach genau mein Körper nun verlangte. Blut. Ich war ausgehungert. Eine weitere bittere Erinnerung an die Vergangenheit, der ich entkommen wollte, als ich der Hexe die Erlaubnis gegeben hatte, mir einen Schlafzauber aufzuerlegen. »Wer bist du?«

»Ich bin die Hexe des Schattenreiches, eine Nachfahrin der mächtigen Hexe Cora.«

Ich hielt inne und betrachtete sie aufmerksam. Diese Information allein erforderte meinen Respekt. Wenn sie tatsächlich Coras Abkömmling war, wäre es besser, sie als Verbündete zu haben denn als Feindin.

Ich seufzte tief, da ich mir nicht sicher war, ob ich die Antwort auf meine nächste Frage hören wollte. »Welches Jahrhundert haben wir?«

»Das einundzwanzigste.«

Ich ließ meinen Blick auf den Boden schweifen, als ich begann, ihre Worte zu begreifen. *Vierhundert Jahre. Ich war für vierhundert Jahre entkommen.*

Corrine begann, um mich herumzugehen. Ich konnte ihr Misstrauen spüren. Sie prüfte mich eingehend und fragte sich vielleicht, was mein Aufwachen für das Schattenreich bedeuten könnte. Ich wollte ihr sagen, dass es gar nichts bedeutete, denn ich hatte die feste Absicht, alldem hier erneut zu entkommen.

Doch mir schwirrten so viele Fragen im Kopf herum.

»Warum bin ich wach?«

»Es ist an der Zeit.«

Ich ballte meine Hände zu Fäusten. »Zeit wofür?«

»Für Derek Novak aufzuhören, sich wie ein Feigling zu benehmen, und sich seiner Bestimmung zu stellen. Zu herrschen.«

Mein Kiefer verkrampfte sich. »Ich habe nicht darum gebeten.«

»Keiner von uns hat das. Doch wenn Eure Hoheit die Idee im Kopf herumgeht, sich wieder in sein Traumreich zurückzuziehen, schlage ich vor, Ihr vergesst das ganz schnell, mein Prinz. Bis Ihr Eure Aufgabe erfolgreich abgeschlossen habt, gibt es kein Entrinnen. Dafür hat Cora gesorgt.«

»Was —?«

Bevor ich meine Frage beenden konnte, öffneten sich die Akazientüren. Mein älterer Bruder betrat zusammen mit meiner Zwillingsschwester die Kammer.

Lucas nickte mir kurz zu. Ich nickte zurück. Das waren die tiefsten brüderlichen Gefühle, die wir uns jemals gegenseitig gezeigt haben. Vivienne dagegen warf ihre Arme um meinen Hals herum.

»Ich bin so froh, dass du wach bist«, flüsterte sie.

»Da bist du die Einzige.« Ich konnte es mir nicht verkneifen, ihr genau zu sagen, was ich empfand.

Und dann geschah es.

Mein Magen zog sich zusammen. Der Geruch war überwältigend und berauschend. Ich verfluchte die Person, deren Idee es gewesen ist, diese Art von Grausamkeit hervorzurufen.

Als meine Schwester zur Seite trat, erinnerte ich mich an alles. Ich erinnerte mich daran, warum es so wichtig für mich war, weiter zu schlafen.

Fünf wunderschöne junge Frauen — unschuldig und nicht älter, als ich gewesen war, als ich zu einem Vampir wurde — standen vor mir. Ich spürte ihre Angst, doch der Jäger in mir sehnte sich danach, befreit zu werden.

Ich hasste mich selbst dafür, doch ich wollte nichts mehr, als jeden einzelnen Tropfen Blut aus jedem der Mädchen herauszusaugen.

Kapitel 8: Sofia

Ich starrte wie gebannt auf den jungen Mann, den Vivienne umarmte. Ich zweifelte in keinster Weise daran, dass er das war. Er war der Grund, warum ich hier war.

Er war Derek Novak.

Er hatte die gleichen attraktiven Gesichtszüge wie sein Bruder — ein kräftiges Kinn, strahlend blaue Augen, dunkelbraunes, fast schwarzes Haar — doch etwas an ihm war kultivierter. Ich konnte umgehend erkennen, dass er jünger als Lucas war. Sein Gesicht wies einen Hauch von Jungenhaftigkeit auf. Ich zog den Gedanken in Betracht, dass es tatsächlich vorteilhafter sein könnte, ihm ausgeliefert zu sein als Lucas. Die Worte, die Vivienne früher an dem

Abend zu mir gesagt hatte, verfolgten mich jedoch immer noch.

»Deine beste Chance zu überleben besteht darin, Dereks Zuneigung zu gewinnen… Doch ich bin mir nicht einmal sicher, ob das überhaupt möglich ist.«

»Was bedeutet das alles? Warum bringst du sie zu mir?«, fragte Derek. Seine Stimme war tief und kraftvoll. »Bring sie von hier weg!«

»Das können wir nicht tun.« Vivienne schüttelte ihren Kopf. »Du wirst lernen müssen, dich zu beherrschen. Wir werden dir schon bald Blut geben, um dich zu stärken, doch in diesem Augenblick wirst du die Kontrolle bewahren müssen, wenn du dich in ihrer Nähe aufhältst.«

»Wenn du nicht willst, dass sie sterben, warum bringst du sie jetzt zu mir?« Seine Stimme grollte durch die riesengroße Halle wie die Anfänge eines Erdbebens.

Alles an seinem Auftreten — die Art, wie sein Brustkorb sich hob und senkte, und wie er seine Hände zu Fäusten ballte — machte es deutlich, dass er alles tat, was in seiner Macht stand, um sich davon abzuhalten, uns anzugreifen.

Ich erzitterte, als ich sah, wie sich das Temperament dieses jungen Mannes entfaltete. Vivienne schien in keinster Weise beunruhigt zu sein.

»Wir wissen beide ganz genau, dass du in der Lage sein musst, deinen Hunger zu kontrollieren, wenn du dich dem stellen willst, was vor dir liegt. Diese Frauen wurden handverlesen, um zu einem Teil deines Harems zu werden. Sie sind die Anmutigsten, die wir während unserer letzten Jagd finden konnten.«

Lucas lächelte. »Dies ist eine grausame und ungewöhnliche Bestrafung, Vivienne. Derek hat während der letzten vierhundert Jahre kein Blut zu sich genommen. Du kannst nicht von ihm erwarten, dass er diesen Mädchen nicht den Kopf abreißen will. Verdammt, ich habe während der letzten vierhundert Jahre gut gegessen, und selbst ich wünschte mir, ich könnte mit ihnen machen, was ich will.«

Derek schaute ihn aus dem Augenwinkel heraus an, bevor er seinen Blick über jede Einzelne von uns streifen ließ.

»Ein Harem? Eine Jagd? Seit wann gibt es bei uns so etwas? Wer sind diese Mädchen, und wo genau habt ihr sie ›gejagt‹?«

Lucas, Vivienne und eine andere Frau, die sich in der Halle aufhielt, tauschten unbehagliche Blicke aus. Am Ende antwortete Vivienne.

»Es sind Menschen, die von der Außenwelt entführt wurden. Wir jagen Menschen, um sie hier zu Sklaven zu machen, die für uns arbeiten. Wenn sich herausstellt, dass jemand nutzlos ist, ernähren wir uns von ihm. Die allerfeinsten und hübschesten unter den Gefangenen werden von den Höhergestellten als ein Teil von etwas gehalten, was wir einen Harem nennen. Einige der begünstigten Bürger besitzen ebenfalls selbst ein oder zwei Schönheiten. Die Menschen, aus denen die Harems bestehen, werden für ein Jahr am Leben gehalten, und wer auch immer sie besitzt, darf danach über ihr endgültiges Schicksal entscheiden.«

»Es ist eigentlich nur eine Entschuldigung dafür, sie in ihren besten Jahren zu nutzen«, fügte Lucas mit einem selbstgefälligen Grinsen hinzu.

Nach dem Blick auf Dereks Gesicht zu urteilen, schien er nicht erfreut zu sein. Er stand nur wenige Schritte von uns entfernt und beäugte uns.

»Ich weiß, was du denkst, und nein, du kannst sie nicht gehen lassen.« Lucas drückte sich so aus, als würde er mit einem Fünfjährigen sprechen. »Sie haben das Schattenreich gesehen. Entweder bleiben sie, oder sie sterben.«

Dereks Ausdruck verwandelte sich in Abscheu. »Sie können nicht sehr viel älter sein, als wir es waren, als wir verwandelt wurden.«

»Ich weiß.« Lucas grinste. »Sie sind alle siebzehn.«

»Die Ritter und Wächter nehmen sie in diesem Alter, denn ihr Blut schmeckt reichhaltiger, sobald sie achtzehn werden«, erklärte Vivienne.

Lucas höhnte. »Also bitte. Darauf kommt es doch nicht an. Doch wirklich, Derek, genieße sie! Es ist schon ein Festschmaus, sie nur anzuschauen. Stell dir nur all die schlimmen Dinge vor, die du mit ihnen machen kannst, sobald das Jahr vorüber ist.«

Derek richtete sich auf, bis er seine volle Größe erreicht hatte — einige Zentimeter mehr als sein älterer Bruder — und begann, auf uns zuzugehen. Ich hielt den Atem an und war mir sicher, dass meine Knie jeden Augenblick nachgeben würden. Ich verlagerte mein Gewicht von einem Fuß auf den anderen, und meine Hand strich an der Hand des blonden Mädchens entlang, das neben mir stand. Sie zitterte. Ich ergriff ihre Hand und drückte sie in der Hoffnung, sowohl Trost spenden zu können als ihn auch von ihr zu bekommen.

Diese Bewegung erregte Dereks Aufmerksamkeit. Ich hatte mich noch nie zuvor verletzlicher gefühlt als in dem Moment, als Derek Novaks stechend blaue Augen mich anschauten.

Ich war ein Lamm — ein Lamm, bereit für den Opfertisch.

Kapitel 9: Derek

Ich konnte meinen Blick nicht von ihr lösen. Ich wollte stehenbleiben, doch ich merkte, wie ich mich ihr weiter näherte.

Sie war am schönsten anzuschauen — nicht weil ihr Aussehen mich im Vergleich zu den anderen mehr ansprach. Nein. Sie war wunderschön, denn zu einem Zeitpunkt, an dem sie jedes Recht gehabt hätte, ängstlich zu sein, brachte sie es fertig, einem anderen Menschen Trost zu spenden, der ihn brauchte.

In dem Augenblick, als sie die Hand des Mädchens neben sich ergriff, waren all die anderen im Vergleich zu ihr verblasst.

Sie zeigte mir die Menschlichkeit, zu der ich so gern zurückgekehrt wäre.

Doch ich war der Jäger. Sie war meine Beute. Und selbst als ich sie für diese einfache Geste bewunderte, kämpfte ich dagegen an, sie als die süße Delikatesse zu sehen, die sie für meine Art darstellte.

Ich fluchte in mich hinein. Vivienne kannte meine Schwierigkeiten, die Kontrolle zu bewahren, wenn es darum ging, meinen Hunger zu stillen.

Die smaragdgrünen Augen der jungen Frau blickten mich mutig an. Dunkle, kastanienbraune Wellen fielen über ihre Schultern und rahmten ihr zartes Gesicht ein. Das leichte Erröten ihrer mit Sommersprossen bedeckten Wangen hatte eine Unschuld an sich, die mein Innerstes verkrampfen ließ. Ihre Augen — unerschrocken und auf mich fixiert — gaben mir das Gefühl, vor ihr zurückweichen zu wollen.

Ich wusste, dass sie mich aufmerksam betrachtete, und ich hätte alles dafür gegeben herauszufinden, was ihr durch den Kopf ging, während sie mich musterte.

Mit jedem Schritt, den ich ihr näher kam, erfüllte ein vertrauter Schmerz meine Brust. Sie war alles, was ich nicht länger war. Sie stellte alles dar, was ich verloren hatte, als mein Vater mich in dieses Monster verwandelt hatte.

Ich näherte mich ihr bis auf einen halben Meter und bereute es umgehend. Ihr Anblick und der Geruch des kleinen Tropfen Blutes auf ihrer Unterlippe wurden mir zum Verhängnis.

Mit rasender Geschwindigkeit und einer Stärke, von der ich vergessen hatte, dass ich sie besaß, presste ich ihren Rücken gegen die Marmorsäule. Ein Schuldgefühl überkam mich, dass ich ihr Schmerzen zufügte, doch ich gab mich einfach nur meiner Natur hin, verzweifelt, ihr Blut zu schmecken.

Ich schluckte schwer, als mein Blick sich auf den Schnitt an ihrer Lippe richtete. In dem Moment, in dem ich ihr Blut schmeckte, würde ich nicht mehr in der Lage sein, mich zu kontrollieren. Es würde kein Zurück mehr geben.

»Derek, nein…«

Meine ungleichmäßige Atmung und mein rasender Herzschlag übertönten die Einwände meiner Schwester. Soweit es mich betraf, befand sich außer uns niemand mehr im Raum. Da waren nur ich und diese Unschuld — diese Unschuld, die ich jeden Moment zerstören würde.

Ich schlang einen Arm um ihre schmale Taille, hob sie an und presste sie gegen die Säule, wobei ich ihr Gewicht mit meinen Hüften abstützte. Sie versuchte, mich wegzudrücken und sich aus meinem Griff zu befreien, doch es dauerte nicht lange, bis ihr klar wurde, dass es kein Entkommen gab. Ich war zu stark für sie, und sie war mir hilflos ausgeliefert. Sie wusste es. Ich wusste es. Und ich hasste mich selbst, denn in diesem Augenblick floss kein bisschen Gnade durch meine blutleeren Adern. Es gab nichts weiter in mir als ein ursprüngliches Verlangen, das darum bettelte, gestillt zu werden — Hunger.

Kapitel 10: Sofia

Ein Schmerz durchfuhr mein Rückgrat, als Derek Novak mich gegen eine Säule drückte und mich anhob, sodass mein Gesicht sich direkt vor seinem befand. Mein Rücken litt unter den Misshandlungen, die er erfahren hatte — erst durch Lucas und nun durch seinen Bruder.

Lucas hatte Recht gehabt, als er mich als einen »zerbrechlichen kleinen Zweig« bezeichnet hatte. Genauso fühlte ich mich, als Derek mich dort festhielt und all meine Versuche, mich zu befreien, jämmerlich scheiterten. Ich war mir nicht sicher, ob es ihm bewusst war, wie stark er war, doch er strahlte eine Kraft aus, die ich nicht einmal in Lucas gespürt hatte. Ich fühlte mich wie eine Porzellanpuppe, die jeden Augenblick zerbrechen könnte.

Alles an Derek Novak überwältigte meine Sinne. Das Gefühl seines muskulösen Körpers, der sich gegen meinen presste, die Kälte seines Atems an meiner Haut, das Geräusch, als er scharf Luft holte, der leichte Duft seines Moschus, der sich mit der Myrrhe an meinem Hals vermischte.

Er starrte mich an, und ich starrte zurück. Ich konnte fast sehen, wie sich die Räder in seinem Kopf drehten, und jedes kleine bisschen seines Verhaltens zeigte, wie zerrissen er über das war, was er gern getan hätte. Und doch war dort ebenso eine Entschlossenheit in seinen blauen Augen, die meine verzweifelte Hoffnung schwinden ließ.

Als seine freie Hand meinen Kopf ergriff und ihn zur Seite drückte, um meinen Hals zu entblößen, während er seine Fänge offenbarte, konnte ich nichts weiter tun, als zu betteln.

»Bitte… nicht.«

»Derek, du willst das nicht tun! Du hast die Kontrolle!«, rief Vivienne.

Derek drückte sich gegen mich, als er sich nach vorne lehnte, und seine Fänge begannen, sich meinem Nacken zu nähern.

Selbst als all meine fünf Sinne angegriffen wurden, brachte ich es fertig, mich an Bens Worte zu erinnern. Die

Worte, die er an seinem zwölften Geburtstag während des Fußballspiels ausgesprochen hatte. Die Worte, mit denen er mich seitdem so viele Male gerettet hat. Worte, die ich jetzt brauchte, um mich davor zu bewahren, einen weiteren Anfall zu erleiden.

»Ich erkenne eine Ausrede, wenn ich eine höre. Wage es ja nicht, dir selbst etwas vorzumachen und dir einreden zu wollen, dass du das Opfer bist, Sofia Claremont!«

Ich versuchte erneut, Derek wegzustoßen, doch ergab mich der Erkenntnis, dass es keinen Zweck hatte. Stattdessen drückte ich meine Wange gegen seine, wobei die Wärme meiner Haut langsam in der Kälte von seiner verblasste.

»Du kannst dich kontrollieren. Tu mir das nicht an!«, flüsterte ich in sein Ohr.

Zu meiner Überraschung hielt er an, gerade als seine Fänge kurz davor waren, meine Haut zu durchstoßen. Er zog seine Fänge wieder ein, bis sich nur noch seine Lippen gegen meinen Hals pressten.

»Ich kann nicht«, sagte er mit heiserer Stimme, »dein Blut ist so verlockend, so süß.«

Tränen begannen, an meinen Wangen hinunterzulaufen. Alles, was geschehen war, brach über mich herein. Ich sehnte mich nach Ben, als ich seine Worte laut wiederholte.

»Ich erkenne eine Ausrede, wenn ich eine höre. Wage es ja nicht, dir selbst etwas vorzumachen und dir einreden zu wollen, dass du das Opfer bist, Derek Novak!«

Ein schwacher Seufzer entwich Dereks Lippen, als ich diese Worte aussprach. Sein Griff um meine Taille herum lockerte sich. Seine Lippen pressten sich auch weiterhin auf meine Haut, als er mich hinunter ließ, sodass ich wieder auf meinen eigenen Füßen stehen konnte. In dem Moment, als ich den Boden berührte, gaben meine Knie nach, und zu meinem Entsetzen merkte ich, wie ich mich gegen ihn lehnte, um mich zu stützen. Er legte seinen Arm um mich herum und fing mich auf.

»Nenn mir deinen Namen!«, flüsterte er, sodass nur ich es hören konnte. Sein Gesicht befand sich immer noch nur wenige Zentimeter von meinem entfernt.

Ich zuckte zusammen und wollte mich weigern, doch ich hatte keine Energie mehr übrig, um einen Kampf zu beginnen. »Sofia… Sofia Claremont.«

Eine Stille breitete sich in der Kammer aus, als er mich auch weiterhin anstarrte. Sein Blick war so durchdringlich, dass es anstrengend war, ihn zu erwidern. Ich schaute stattdessen auf den Boden.

Schließlich fing er wieder an zu sprechen — dieses Mal lauter, als er sich an alle anderen im Raum wandte.

»Sofia soll meine persönliche Sklavin sein.«

Seine Geschwister schauten sich gegenseitig an.

»Und die anderen?«, fragte Vivienne.

Derek sah nicht einmal zu ihnen hinüber.

»Eure Entscheidung.«

Es wurden noch weitere Worte gewechselt, doch ich hörte sie nicht. Furcht breitete sich in meinem Magen aus.

Was meint er damit, seine »persönliche Sklavin«?

Kapitel 11: Derek

Vierhundert Jahre. Weg. Einfach so.

Als Lucas und Vivienne mich aus der Heiligen Stätte herausführten, die nun Corrines Behausung darstellte, konnte ich nicht anders, als zu bewundern, was sie in den letzten vier Jahrhunderten aus dem Schattenreich gemacht hatten. Vor dem Schlafzauber war die Insel, die wir das Schattenreich nannten, nichts weiter gewesen als eine Festung umgeben von gewaltigen Bäumen. Wir hatten eine Lichtung im Wald erschaffen und sie das Tal genannt. Dort hatten wir begonnen, Pläne zu schmieden, was aus dem Schattenreich einmal werden sollte. Ich hätte es niemals für möglich gehalten, dass diese Pläne Wirklichkeit würden, doch hier war es, direkt vor meinen Augen — umwerfender, als ich es mir jemals hätte vorstellen können.

Als wir die Heilige Stätte verließen und den Ort betraten, der nun das Tal war, stellte ich eine Frage nach der anderen, um meine Neugier zu befriedigen und mich meinen Hunger vergessen zu lassen. Sofia und die anderen Sklaven gingen hinter uns, begleitet von den Wächtern. Sofias Nähe war mir immer noch sehr bewusst, und ich wurde von dem Duft ihres Blutes immer noch angezogen.

»Was ist mit den wilden Tieren geschehen?«, fragte ich. Wir hatten geplant, unsere Behausungen über den Wipfeln der Rotbuchen zu errichten, da es sich herausgestellt hatte, dass die Tiere ein großes Ärgernis waren.

»Sie sind immer noch hier«, sagte Vivienne. »Cora hat dabei geholfen, die meisten von ihnen abzusondern. Einige der wilderen werden jedoch in den Zellen gehalten.«

»Die Zellen?«

»Das Gefängnis«, mischte Lucas sich ein. »Sie befinden sich in den Schwarzen Höhen — du weißt schon, der Bergkette. Dort sind auch die Kerker und die Unterkünfte für die Sklaven.«

Ich hob eine Augenbraue. »Sofia?«

Viviennes Blick huschte zu mir hinüber. Ich wusste, dass sie von der Sorge fasziniert war, die ich dem Mädchen entgegenbrachte. Ich wusste nicht, wie ich ihr erklären sollte, was ich in Sofia sah, selbst wenn ich es gewollt hätte. Die Wahrheit war, dass ich es selbst nicht so richtig verstand.

»Die Harems leben zusammen mit ihren Besitzern in den Behausungen«, sagte Vivienne.

Ich nickte. »Und was genau sind die Behausungen?«

»Das wirst du schon bald herausfinden«, sagte Lucas. Der Tonfall meines Bruders enthielt eine gewisse Selbstgefälligkeit. Ich konnte mir vorstellen, dass es ihm gefiel, mir in Bezug auf Erfahrung und Wissen vierhundert Jahre voraus zu sein.

Ich starrte von meiner Schwester zu meinem Bruder und wieder zurück und fragte mich, wie viel Wissen und Weisheit sie in all dieser Zeit hatten ansammeln können. Mein Bruder und ich hatten uns noch nie sehr nahe gestanden — unser Vater hatte uns immer gegeneinander aufgebracht — doch Lucas schien kein bisschen weiser zu sein als er es gewesen war, als ich mich Coras Zauber ausgeliefert hatte. Vivienne auf der anderen Seite hatte eine klügere Aura um sich, und ich konnte nicht anders, als ihr eine gewisse Ehrfurcht entgegenzubringen.

Ich begann mich zu fragen, wo mein Vater war. Die Tatsache, dass ich kein großes Verlangen hatte, ihn zu sehen, sagte eine Menge über meine Gefühle für ihn aus. Ich ging davon aus, dass er in der Roten Festung zu finden war, innerhalb der gewaltigen Mauern, für deren Bau ich mich eingesetzt hatte, um das Schattenreich zu beschützen, bevor ich entkommen war. Ich merkte, wie ich die Frage stellte, ob die Festung immer noch stand und ob Xavier, der eiserne Krieger, sich dort aufhielt.

»Die Festung ist stärker denn je. Wir haben Ritter, Wächter und Späher auf ihren Mauern stationiert«, versicherte Vivienne mir.

»Ritter? Späher?«

»Ritter gehören den Höhergestellten an, die ebenfalls als Krieger dienen«, erklärte Lucas. »Späher sind diejenigen, die wir in die Außenwelt senden, um Vorräte oder frisches Blut zu beschaffen.«

Ich war mir nicht sicher, wie ich dazu stand. Ich hatte immer darüber nachgedacht, ob es für unsere Art nicht einen Weg gab zu überleben, ohne den Menschen nachzustellen. Doch allein das Aussprechen dieser Worte würde von meinem Vater als Frevel angesehen werden.

»Und Vater?«

»Er trifft sich mit den Anführern der anderen Zirkel, um darüber zu sprechen, wie diese verdammten Jäger ein für alle Mal zu besiegen sind«, entgegnete Vivienne.

Mein Kiefer verkrampfte sich bei der Erwähnung der Jäger. Menschen, die sich dafür einsetzten, unsere Art zu vernichten. Ich erinnerte mich an eine Zeit, als ich einer von ihnen gewesen war. Das war schon sehr lange her.

»Sie sind immer noch eine Bedrohung?«, fragte ich.

»Mehr als je zuvor«, antwortete Lucas. »Wir sind der stärkste noch bestehende Zirkel. Viele der Bewohner des Schattenreiches — wir nennen sie Bürger — sind Flüchtlinge von Zirkeln, die die Jäger gefunden und ausgelöscht haben.«

Vivienne schien meine Unruhe zu bemerken. »Die Jäger sind ein Thema für einen späteren Zeitpunkt.«

Wir hatten gerade den äußeren Bereich des Tales erreicht und betraten nun einen anderen Teil des Rotbuchenwaldes. Ich bewunderte, wie sehr das Schattenreich sich verändert hatte. Vor dem Schlafzauber konnte es kaum eine Gemeinschaft genannt werden. Es war unser Fluchtort vor den Jägern, die damit drohten, jeden einzelnen unserer Art von der Erde zu verbannen.

Wenn ich nicht meinen Vater, meinen Bruder und meine Schwester gehabt hätte, hätte ich mich den Jägern ergeben, um mein Leben von ihnen auf grausame Weise beenden zu lassen. Aber ich konnte es nicht ertragen, meiner Familie das anzutun, besonders nicht Vivienne. Der Zirkel brauchte mich, doch sobald ich meinen Teil der Vereinbarung erfüllt und sie in diesen sicheren Hafen geführt hatte, und auch noch Cora dafür hatte gewinnen können, uns zu beschützen, hatte ich gewusst, ich könnte keine weitere Sekunde mit Blut an meinen Händen leben. Ich musste es beenden.

Aber ich war ein Feigling gewesen. Ich hatte Angst, mir

vorzustellen, was geschehen würde, nachdem ich gestorben war. *Was passiert mit lebenden Toten, wenn sie sterben?* Ich erschauerte. Es war merkwürdig, dass die Untoten solche Angst vor dem Tod haben konnten, und doch stimmte es.

Ich hatte Angst davor gehabt zu sterben, also war ich stattdessen eingeschlafen.

Als wir durch den dichten Wald gingen, äußerte ich meine Gedanken. »Ihr müsst mich hassen für das, was ich getan habe. Euch alle zu verlassen.«

Lucas Mundwinkel zuckten, und ein Hauch von Verbitterung zeigte sich in seinen Augen. Ich brauchte keine Antwort von ihm, um zu wissen, was ihm im Kopf herumging. Er verachtete mich.

Vivienne war sehr viel gnädiger. »Nein, Derek. Du hast getan, was getan werden musste, um uns alle zu beschützen, ohne dir dessen überhaupt bewusst zu sein. Deine Rast hat dazu beigetragen, dass du während der Hunderte von Jahren, in denen du unter Coras Zauber gestanden hast, neue Energie gewonnen hast. Und daher bist du mit größter Wahrscheinlichkeit der stärkste und mächtigste Vampir, der heutzutage existiert.«

Viviennes Worte hallten in meinem Kopf wider. *Der stärkste und mächtigste Vampir.* Die Erinnerung daran, wie ich Sofia hochgehoben und gegen diese Säule geschmettert hatte, kam mir zurück ins Bewusstsein.

Mir zog sich der Magen zusammen. Sie hatte in meinem Griff so zierlich ausgesehen und doch so furchtlos. Ich war der Tod, und ich hatte ihr direkt in die Augen geschaut. Sie hatte meinen Blick fast ohne zurückzuschrecken erwidert.

Und nun ging sie hinter mir. Ich konnte ihre Schritte und das Klirren ihrer Fesseln an ihren Handgelenken hören. Ich konnte auch immer noch das Blut an ihren Lippen riechen und sogar fast schmecken. Ich fragte mich, ob Frauen schon damals die gleiche Wirkung auf mich gehabt hatten. Ich konnte mich nicht erinnern.

Ich blieb stehen und rief nach ihr. »Sofia.« Alle anderen hielten in dem Moment an, als ich sprach.

Ihre Jugend zeigte sich in der Art, wie sie mir antwortete. *»Was?«*

Ohne mich umschauen zu müssen, wusste ich, dass sie kurz davor war, für ihre Unverfrorenheit bestraft zu werden. Der Wächter hinter uns hob seine Hand, um sie zu schlagen.

»Rühr sie nicht an!«, sagte ich. »Sofia, geh neben mir!«

Alle hielten in der Stille, die folgte, die Luft an. Ich konnte ihre Gedanken spüren, wie sie die Vor- und Nachteile dessen abwogen, was geschehen könnte, sollte sie sich mir widersetzen. Dann begannen die Fesseln zu klirren, als sie nach vorn trat, um den leeren Platz an meiner Seite zu füllen.

Ich wagte es nicht, sie anzuschauen. Sie so nahe bei mir zu

haben strapazierte meine Selbstkontrolle bereits genug. Der Anblick der Röte ihrer Wangen würde mich an ihr Blut und meine Sehnsucht erinnern, es zu mir zu nehmen.

»Nehmt ihr diese Fesseln ab. Sie kann nirgendwohin laufen.«

»Bruder«, begann Vivienne zu widersprechen, »wenn sie die Freiheit, die du ihr gibst, dafür benutzt, eine Hand gegen dich zu erheben, könntest du nicht in der Lage sein, dich zurückzuhalten…«

»Ich werde ihr Blut nicht zu mir nehmen«, entgegnete ich mit mehr Überzeugung als ich spürte. »Tu, was ich dir gesagt habe, und entferne die Fesseln!«

Meinem Befehl wurde umgehend gehorcht. Das war nur noch eine weitere Erinnerung daran, wer ich zuvor gewesen war und wie sehr mich alle fürchteten. Ich wartete, bis die Fesseln entfernt worden waren, bevor ich einen ersten Schritt nach vorne trat und die Gruppe mir folgte.

Lucas und Vivienne versuchten, eine Unterhaltung zu führen, als wir durch die dunklen Wälder schritten, doch ich beachtete sie nicht weiter. Ich wurde zu sehr von Sofia abgelenkt und war mir all ihrer Handlungen bewusst. Sie rieb sich ihre Handgelenke, während sie ihre Umgebung erforschte und jede Einzelheit in sich aufnahm, wobei ihre glänzenden Augen sowohl Angst als auch Faszination ausstrahlten. Bevor ich mich zurückhalten konnte, ergriff ich ihre Hand, und meine Finger verschlangen sich mit den ihren.

Sie zuckte bei meiner Berührung zusammen. Ich hatte nicht das Recht, mir so eine Freiheit mit ihr zu erlauben, doch ich gestattete mir diese Schwäche. Ich wollte ihre Wärme spüren.

Ich konnte nur raten, was ihr durch den Kopf ging, denn irgendwann drückte sie meine Hand genauso, wie sie es bei dem anderen Mädchen getan hatte, als wir uns noch in der Heiligen Stätte aufgehalten hatten.

Sie konnte nicht ahnen, wie viel mir das bedeutete.

Kapitel 12: Sofia

Seine Hand war so kalt. Ein Frösteln suchte sich seinen Weg von meiner Hand hoch bis zu meinem Ellbogen. Ich konnte nicht verstehen, warum er das tat — meine Hand halten. Doch merkwürdigerweise spendete mir diese Geste Trost, als ich keinen hatte.

Als wir den Weg zu dem Ort fortsetzten, wo sich das Quartier des Prinzen befinden musste, hielt ich meine Augen auf der Suche nach einem Fluchtweg offen. Wir hatten das Tal gerade verlassen und wurden nun in einen weiteren dunklen Wald geführt, doch ich war mir sicher, dass sich irgendwann eine weitere Lichtung auftun und uns eine neue Seite des Schattenreiches zeigen würde, die meine

Vorstellungskraft in Erstaunen versetzen würde.

An dieser Stelle gab es jedoch nichts zu sehen außer dem gleichen dunklen Wald, der nur von den Fackeln erleuchtet wurde, die die Wächter trugen: große Bäume, Felsbrocken auf dem schmutzigen Schotterweg und dornige Büsche, die hier und da verstreut waren.

Meine Gedanken kehrten zurück zu den Menschen, die ich im Tal gesehen hatte. Es war leicht, den Unterschied zwischen den Vampiren und den Menschen zu erkennen. Ich hatte mir immer vorgestellt, dass Vampire sich in schwarzes, enganliegendes Leder oder dunkle Mäntel kleideten, doch sie trugen modische Designerkleidung, die direkt aus den Seiten der *Vogue* entsprungen zu sein schien. Im Gegensatz dazu hatten die Menschen eine Uniform an — graue Overalls aus Baumwolle für die Männer und weiße Baumwollkittel für die Frauen.

Es war offensichtlich, dass die meiste Arbeit von den Menschen verrichtet wurde, während die Vampire hin und her schlenderten oder Zeit miteinander verbrachten, wobei ihnen stets ein oder zwei Menschen folgten, die bereit waren, ihnen auch den kleinsten Wunsch zu erfüllen. Es war klar, dass wir Menschen die Arbeitskräfte darstellten, die das Schattenreich am Laufen hielt. Wir waren das Blut und der Schweiß dieses Ortes.

Als wir aus dem Tal herausgezerrt worden waren, hatte ich

gesehen, wie ein Vampir einem jungen Mann mitten ins Gesicht schlug, sodass der Junge auf den Boden fiel. Ich hatte etwas tun wollen. Doch ich konnte nur zuschauen. Ich war hinter den Vampiren gefesselt und wurde wie ein Tier bewacht.

Und nun fand ich mich dabei wieder, wie ich Dereks Hand drückte. Es war reiner Instinkt, eine unwillkürliche Reaktion, doch als mir klar wurde, was ich getan hatte, und ich in seinem Gesicht nach einer Reaktion suchte, hätte ich schwören können, dass ich Dankbarkeit in seinen Augen sah.

»Wir sind da«, verkündete Vivienne und hielt in der Mitte des Waldes an. »Willkommen im Pavillon, Derek!«

Ich runzelte die Stirn und schaute mich um. Ich konnte nur Baumstämme sehen.

Derek sah genauso verwirrt aus wie ich mich fühlte.

»Ich verstehe nicht…«

Lucas lächelte höhnisch. »War es nicht dein Vorschlag, die Behausungen auf den Baumwipfeln zu bauen?«

Bevor ich seine Bemerkung überhaupt mit meinem Geist erfassen konnte, sprang Lucas in die Höhe. Ich schaute hoch in den Himmel. Mir blieb der Mund offen stehen.

Über den riesigen Rotbuchen befanden sich Netzwerke aus leuchtenden Baumhäusern. Doch nach dem zu urteilen, was ich vom Boden aus sehen konnte, wäre es eine große Ungerechtigkeit gewesen, sie Baumhäuser zu nennen. Es waren moderne, luxuriöse Villen, die durch gläserne Gänge und Hängebrücken miteinander verbunden waren. Wie es möglich war, diese Dinger dort oben zu bauen, befand sich jenseits meines Vorstellungsvermögens, doch dort waren sie — luxuriöse Villen in den Bäumen. Allein der Gedanke daran, dorthin aufzusteigen, brachte mein Herz zum Rasen.

Mein Erstaunen wurde unterbrochen, als ich Dereks Gesicht sah. Sein Blick wurde sanfter, als er voller Ehrfurcht zu den Behausungen hinaufschaute. Mit gebrochener Stimme sagte er: »Du hast dich daran erinnert.«

Vivienne lächelte. »Wie hätte ich das vergessen können?«

Ich stand dort und wurde Zeuge dieses Anflugs von Zuneigung und Menschlichkeit zwischen den Geschwistern. Für einen Augenblick war ich sogar eifersüchtig auf das, was Derek und Vivienne hatten. Ich konnte sehen, wie sehr die beiden einander verbunden waren.

Es wurden keine weiteren Worte gewechselt, denn Worte waren nicht notwendig. Sie verstanden sich, und auf eine merkwürdige Weise tat ich es auch.

Vivienne sprang genauso in die Luft, wie Lucas es nur einige Augenblicke zuvor getan hatte. In dem Moment stellte ich fest, dass es keine Treppe gab. Nicht einmal eine Leiter war zu sehen. Ich öffnete meinen Mund, da ich mich fragte, wie in aller Welt ich dort hinaufkommen sollte, doch bevor die Worte meinen Mund verlassen konnten, blitzte ein

Schimmer von Heiterkeit in Dereks Augen auf.

Er machte sich nicht die Mühe, mich um Erlaubnis zu bitten. Er schlang einfach seine starken Arme um meine Taille herum und zog mich an sich heran. Bevor ich mich auf das vorbereiten konnte, was als nächstes geschah, sprang er so hoch in die Luft, dass ich nach Luft schnappen musste und mich voller Angst um mein Leben an ihn klammerte.

Erst als er meine Füße auf etwas aufsetzte, das sich wie ein Hartholzfußboden anfühlte, wagte ich es, meine Augen zu öffnen.

Ich ging zur Kante einer breiten Terrasse und hatte eines der prächtigsten Bilder vor mir, die ich jemals in meinem Leben gesehen hatte. Die pechschwarze Ebene, die den Himmel darstellte, war von Tausenden von glitzernden Sternen übersät. Diese Sterne und die Strahlen des vollen Mondes waren die einzigen Lichter, die die Umgebung erhellten. Ich wagte es nicht, direkt nach unten zu schauen. Doch ich konnte sehen, dass dies einer der höchsten Bäume auf der gesamten Insel war. Ein Meer von schwarzen Baumwipfeln erstreckte sich kilometerweit unter mir. Und weit in der Ferne erhoben sich Berge, die so hoch aufragten, dass die Gipfel mit weißem Schnee bedeckt waren. Ich konnte mir kaum vorstellen, wie umwerfend dieser Ort bei Sonnenaufgang sein müsste.

Ein Windstoß strich über mein Gesicht. Obwohl ich so

hoch oben stand, konnte ich das Ende des Waldes nicht erkennen. Kein Anzeichen des Ufers. Ich hatte nicht die leiseste Ahnung, in welche Richtung ich laufen sollte, selbst wenn ich es fertigbringen könnte, mich aus Dereks Griff zu befreien. Mir stockte der Atem.

»Es ist wunderschön, oder nicht?« Dereks Stimme klang heiser. Er musste gedacht haben, dass das, was mir den Atem geraubt hatte, Freude war.

Ich nickte nur, als ich mich über das hölzerne Geländer beugte und versuchte, meinen Geist von dem flauen Gefühl in meinem Magen abzulenken.

Derek ergriff meine Hand und zog mich hinter sich her, als Vivienne und Lucas uns beide in sein Quartier führten.

»Dies ist eines von vier Penthouses, aus denen der Pavillon besteht, speziell für die Novaks errichtet«, erklärte Vivienne, als sie die Eichentür einer der aufwendig gestalteten Behausungen aufschloss. »Es gibt eines für jeden von uns — für dich, Vater, Lucas und mich.«

Als wir auf das Baumhaus zugingen, starrte ich voller Verwunderung auf die riesigen Fenster. Wenn das, was ich über Vampire wusste, der Wahrheit entsprach, würden sie dann keine Einwände gegen all das Sonnenlicht erheben, das dort hineinströmen konnte?

Im Inneren sah das Penthouse noch größer aus. Wir wurden in einen Raum gebracht, von dem ich annahm, er sei das Wohnzimmer. Ein Flachbildfernseher, ein Kamin, abstrakte Kunst an den cremefarbenen Wänden, schwarze Ledersofas… es war nicht unbedingt so, wie ich mir Schloss Dracula vorgestellt hätte.

Ich schaute die Vampire um mich herum misstrauisch an. Egal, wie sehr die Schönheit des Schattenreiches mich mit Ehrfurcht erfüllte, ich durfte nicht vergessen, dass ich gegen meinen Willen hier war. Ich konnte keinem von ihnen vertrauen — nicht Lucas, nicht Vivienne und ganz besonders nicht Derek.

Wir wurden von drei Eingängen umgeben — abgesehen von dem einen, durch den wir eingetreten waren. Jeder hatte eine Glastür, die zu einem anderen glasbedeckten Gang führte, der den Weg in andere Räume des Penthouses darstellte.

»Und die Höhergestellten leben wo?«, fragte Derek.

»Die anderen Höhergestellten leben in Baumhäusern, die unseren sehr ähnlich sind, doch natürlich sind unsere«, Lucas grinste einfältig, »luxuriöser, denn seien wir mal ehrlich: Ein Novak verdient nur das Beste.«

Lucas beäugte mich. Ich versuchte, einen Schritt zurückzutreten, doch Dereks Griff ließ das nicht zu, sondern hielt mich auch weiterhin fest.

»Die Penthouses des Pavillons haben mehr Räume, als ich zählen kann«, sagte Vivienne. »Es gibt ein Wohnzimmer, ein

Esszimmer, die Küche, eine Bibliothek, mehrere Badezimmer, ein überdachtes Schwimmbecken, ein Unterhaltungszimmer, einen Vorführraum, ein Schlafzimmer, mehrere Gästezimmer und das Quartier für deinen Harem. Es gibt mehrere Räume, die wir nicht ausgestattet haben, nur für den Fall, dir fällt etwas ein, was du mit ihnen machen möchtest.«

»Ein Musikzimmer«, sagte Derek.

Meine Augen weiteten sich. Ich hätte niemals von ihm erwartet, musikalisch zu sein.

Vivienne lächelte. »Natürlich. Ich werde mich darum kümmern, dass die Späher alles besorgen, was du brauchst. Möchtest du, dass ich dir dein Schlafzimmer zeige?«

Derek schüttelte seinen Kopf. »Das bekomme ich schon hin.«

Mir wurde das Herz schwer. Der Gedanke daran, mich mit ihm allein an diesem Ort aufzuhalten, brachte mich aus der Fassung. Ich versuchte, meine Hand aus seinem Griff zu lösen, doch er hielt mich fest.

Vivienne schien das zu bemerken, beachtete es jedoch nicht. Stattdessen ging sie auf ihren Bruder zu und umarmte ihn. Er ließ meine Hand nur los, um ihre Geste zu erwidern.

Ich trat einen Schritt zurück. In dem Moment bemerkte ich, wie Lucas die Hand anstarrte, die Derek gerade losgelassen hatte. Er sah so aus, als wollte er sie zerquetschen.

Ich ballte meine Hände zu Fäusten und versteckte sie hinter dem seidigen Stoff des Kleides, das ich trug. Lucas Blick wanderte an meinem gesamten Körper hoch und runter. Ich wäre am liebsten davongelaufen.

»In ein paar Stunden ist es schon Morgen. Wir sollten besser gehen«, sagte Vivienne. »Ich werde die Wächter anweisen, die Mädchen in ihre Quartiere zu bringen… es sei denn, du hast andere Pläne.«

Derek schüttelte seinen Kopf. »Lass sie dorthin bringen. Außer Sofia. Sie schläft in dem Zimmer, das meinem am nächsten ist.«

Vivienne sah mich spitz an, als würde sie sich fragen, was so besonders an mir wäre. Da waren wir schon zwei.

Sie nickte. »Nun gut. Bis morgen, Derek.«

In dem Augenblick, als die beiden anderen die Tür hinter sich schlossen, wollte ich vor Derek zurückweichen, doch ich musste feststellen, dass ich wie angewurzelt stehenblieb. Er drehte sich herum und betrachtete aufmerksam seine Umgebung, bis sein Blick auf mich fiel.

»Du stehst einfach nur so da.«

Ich funkelte ihn an. »Was erwartest du von mir?«

»Warum hast du keine Angst vor mir?« Er begann, sich mir zu nähern.

Ich wollte weglaufen — genauso, wie ich es hätte tun sollen, als Lucas mich am Strand angesprochen hatte. »Was um alles auf der Welt gibt dir den Eindruck, ich hätte keine Angst vor dir?«

»Ich dachte, vielleicht bist du eines dieser Mädchen.«

»Welche Mädchen?«

»Mädchen, die von unserer Art fasziniert sind.« Derek hielt einige Schritte von mir entfernt an, fast so, als fürchtete er sich davor, näher zu kommen. »Mädchen, die so sein möchten wie wir.«

»Ich könnte deine Art mit vielen Worten beschreiben«, fauchte ich, »›faszinierend‹ ist jedoch keines davon. Meinst du wirklich, dass du das bist?«

Er hielt inne und beäugte mich aufmerksam. Er schüttelte seinen Kopf, während ein bitteres Lächeln sich auf seinen Lippen formte. »Nein. Keineswegs.«

»Warum bin ich hier? Was hast du mit mir vor?«

»Du solltest dich etwas ausruhen.«

»Du wirst mich nicht gehen lassen.«

Er schüttelte seinen Kopf. »Ich kann dich nicht gehen lassen. Du hast schon zu viel gesehen.«

Ich knirschte mit den Zähnen. *Du kannst mich nicht ewig hierbehalten.*

Ich hatte die feste Absicht, zu versuchen zu entkommen, und ich beschloss, dass der Morgen die beste Gelegenheit dafür bieten würde. Als wir beide den Weg in unsere Schlafzimmer fanden, ging mir nur ein Gedanke im Kopf herum — ich musste bei Tagesanbruch fliehen.

Doch ich hatte das Schattenreich und sein Überraschungsvermögen unterschätzt. Ich schlief in einem runden, bequemen Bett ein, das mit Fellen bedeckt war, und erwartete, am nächsten Morgen zu sehen, wie das Sonnenlicht durch die Fenster des Schlafzimmers strahlte.

Doch zu meinem Schrecken war es tiefste, finstere Nacht, als ich aufwachte.

Kapitel 13: Derek

In dem Moment, als ich mich in dem Schlafzimmer, das ich für mich selbst gewählt hatte, auf das Himmelbett legte, war mein erster Gedanke: *Was in aller Welt tue ich hier?* Ich war gerade erst aus einem vierhundertjährigen Schlaf erwacht. Noch mehr Schlaf brauchte ich nicht.

Stattdessen verbrachte ich die Nacht in der Bibliothek, las Bücher und hoffte, dass ich mich mit dem vertraut machen könnte, was ich in den letzten Jahrhunderten verpasst hatte. Ich fand dort eine Fülle an Informationen, doch sie waren alle nur sehr oberflächlich. Mir wurde klar, wie wichtig Sofia für mich sein würde, um mich mit der Welt vertraut zu machen, wie sie jetzt war.

Ich nahm das vierte Glas mit Blut in die Hand, das mir von einem der Mädchen aus meinem Harem gebracht worden war. Ein Geschenk von Vivienne.

Als das Mädchen, Gwen, mit dem ersten Glas erschienen war, hatte ich nicht gefragt, wessen Blut es enthielt. Ich hatte es einfach nur heruntergeschlungen. Mein Hunger musste gestillt werden, wenn ich es verhindern wollte, dass ich die Mädchen umbrachte, die in meinem Haus lebten.

Ich befahl dem Mädchen, noch mehr zu holen. Sie nickte, während ihre Lippen zitterten, als sie vor mir zurückwich.

Ich fragte mich, warum ich mich von ihr nicht so angezogen fühlte wie von Sofia. Sie war genauso hübsch anzuschauen wie der Rotschopf, der in dem Zimmer neben meinem schlief, und doch ließ Sofias Geste in der Heiligen Stätte — als sie Gwens Hand ergriffen hatte, um ihr Trost zu spenden — sie in meinen Augen irgendwie wertvoller erscheinen als all die anderen Mädchen zusammen.

Nachdem ich mein viertes Glas geleert hatte, stellte ich fest, dass ich mich danach sehnte, nach meiner wunderschönen Gefangenen zu schauen. Ich stand auf und ging einen glasbedeckten Gang entlang, durch den der sternenübersäte Himmel über mir zu sehen war. Ich lächelte. Es war eine nette Geste von Cora gewesen, die Sonne aus dem Schattenreich zu verbannen.

Als ich vor Sofias Schlafzimmer ankam, atmete ich tief

ein. Ich konnte nicht verstehen, warum ich so nervös war. Sie war einfach nur ein Mädchen. Ich hatte das für mich notwendige Blut bekommen. Es gab keinen Grund, so angespannt zu sein.

Ich klopfte an die Tür und wartete. Nichts. Ich klopfte noch einmal.

»Sofia?«

Etwas stimmte nicht. Ich öffnete die Tür. Sie war nicht verschlossen. Aus irgendeinem Grund störte mich das. *Ist sie so töricht, einem Fremden wie mir zu vertrauen — und dann auch noch einem Vampir — dass sie nicht einmal ihre Tür verschließen würde?* Ich drückte die Tür auf und schaute mich im Zimmer um. Sie war nirgendwo zu sehen.

»Sofia?« Ich trat ein, und die Wahrheit begann, mir zu dämmern.

Ich war der Narr gewesen, *ihr* zu vertrauen. Ich hatte mir nicht einmal die Mühe gemacht, Wächter vor ihrem Schlafzimmer zu postieren. Natürlich hatte sie versucht zu entkommen. Sie wäre ein Dummkopf gewesen, es nicht zu tun.

Kapitel 14: Sofia

Ich zog die Schubladen in meinem Zimmer auf und suchte darin nach irgendetwas anderem, was ich anziehen konnte, außer diesem langen Seidenkleid. Wenn überhaupt war die Kleidung hier drinnen sogar noch schlimmer. Kurze Cocktailkleider und noch mehr Spitzenunterwäsche. Die einzige Freizeitkleidung, die ich fand, war eine Kapuzenjacke, die sehr fehl am Platze aussah. Mein Blut rauschte mir in den Ohren, als ich danach griff und ins Badezimmer eilte. Ich suchte auf dem Marmortischchen herum und öffnete einen Schrank über dem Waschbecken. Alles, was auch nur ansatzweise etwas scharf war, würde genügen. Mein Blick fiel auf eine Zahnbürste, eine Tube

Zahnpasta und eine kleine Nagelschere.

Ich griff nach der Schere, setzte mich auf den Rand der Badewanne und rammte sie in den Stoff meines Kleides, um ein Loch hineinzuschneiden. Er war recht dünn, daher war es nicht sonderlich schwierig, den gesamten Saum zu entfernen. Ich warf den abgerissenen Stoff in die Badewanne und schaute in den Spiegel.

Ich band mein Haar mit einem Haargummi hinter meinem Kopf zusammen, das ich in dem Schrank gefunden hatte. Meine Haut sah blasser aus, als ich sie jemals gesehen hatte, und meine Lippen waren ausgetrocknet. Ich fand etwas Lippenbalsam in einer Schublade voller Make-up und verteilte es in der Hoffnung auf meinen Lippen, einige der schmerzhaften Schnitte lindern zu können. Doch nun durfte ich keine weitere Zeit hier verschwenden. Jede Sekunde, die ich länger in diesem Badezimmer verbrachte, war eine Sekunde, die ich weniger hatte, um zu entkommen, bevor Derek beschloss, nach mir zu sehen.

Es war beunruhigend, wie perfekt dieser Raum für eine Frau ausgestattet war. Alles was ich brauchte, schien sich hier finden zu lassen… sogar Damenbinden. Ich fragte mich, wie viele Zimmer wie dieses es insgesamt in Dereks Quartier gab. Und wie viele Mädchen vor mir schon in diesem Zimmer gewohnt hatten.

Ich zog mir ein paar Plastikpantoffeln über, die ich in der

Ecke neben dem Waschbecken fand, und tappte so leise ich nur konnte auf dem Boden herum. Mit einer Hand über meinem Mund, um meine laute Atmung zu verbergen, streckte ich die andere aus, um nach dem Türknauf zu greifen. Als ich ihn drehte, stellte ich erleichtert fest, dass er mich nicht eingeschlossen hatte.

Als ich aus dem Zimmer heraustrat, überlegte ich mir, ob ich die Tür offen lassen sollte — für den Fall, dass sie Lärm verursachen würde, wenn ich sie wieder schloss. Doch ich entschied, dass es mir langfristig wahrscheinlich mehr helfen würde, wenn ich sie geschlossen hielt — für den Fall, dass Derek auf seinem Weg in einen anderen Teil der Behausung diesen Flur entlangging und unnötigerweise die offene Tür bemerken würde.

Nachdem ich die Tür hinter mir zugezogen hatte, schlich ich vorwärts. Ich hielt an, als ich einen Flur erreichte, der sich in vier verschiedene Gänge aufteilte. Mir rutschte das Herz in die Hose, als mir klar wurde, dass ich mich nicht daran erinnern konnte, welchen wir genommen hatten, um hierher zu gelangen.

Ich eilte den Gang entlang, der sich ganz zu meiner Linken befand, und betete, dass ich die richtige Wahl getroffen hatte. Ich hatte keine Zeit dafür, mich in diesem ausladenden Baumhaus zu verlaufen. Ich hatte den Gang bereits zur Hälfte hinter mir gelassen, als ich erstarrte und mich auf den Boden kauerte. Eines der Mädchen ging auf dem Korridor entlang, der parallel zu meinem verlief, und trug ein Glas voller Blut. Es schien, als hätte sie mich nicht bemerkt. Ich spürte ein momentanes Bedürfnis, ihr zuzuwinken, vielleicht sogar, sie davon zu überzeugen, mit mir zu fliehen. Doch ich wusste selbst kaum, was ich hier tat.

Als ich in der Eingangshalle ankam, ließ ich mich wieder auf den Boden fallen und kroch zur Tür, während ich mich umschaute. Mit zitternden Händen ergriff ich die Klinke und drückte sie nach unten. Die Tür ließ sich nicht öffnen. *Abgeschlossen.*

Ich blickte mich im Raum um. *Der Schlüssel. Ich brauche den Schlüssel.*

Mir wurde das Herz schwer, als ich daran dachte, dass Derek den einzigen Schlüssel haben könnte. Ich tapste hinüber zu den Fenstern in der Halle und versuchte, sie aufzustemmen. Sie waren ebenfalls verschlossen. Ich eilte in die Küche und begann, die Schubladen zu durchsuchen. Die Hudsons bewahrten ihre Schlüssel immer in den Küchenschubladen auf… und dann bemerkte ich das Fenster über dem Waschbecken. Es war geöffnet.

Ich stieg auf die Arbeitsplatte, wobei ich darauf achtete, keinen Laut von mir zu geben, und öffnete das Fenster noch weiter. Ich kämpfte gegen ein Niesen an, als mir der starke Duft des Rotbuchenlaubs in die Nase stieg. Mein Herz hämmerte in meiner Brust, als ich den gähnenden Abgrund sah. Ich schaute zu meiner Linken — dort begann etwa einen halben Meter von mir entfernt die Terrasse. Ich sah eine schmale Kante nicht einmal halb so breit wie mein Fuß, die das Penthouse umgab. Doch ich hatte weder die Zeit dafür, Angst zu haben noch nachzudenken. Ich kletterte durch das Fenster hindurch und ließ mich baumeln. Meine Beine zitterten, als meine Füße auf der Kante verzweifelt nach Halt suchten. Ich bewegte mich soweit ich konnte nach links, während ich noch in der Lage war, mich an der Fensterbank der Küche festzuhalten. Doch schon bald erreichte ich den Punkt, an dem ich loslassen musste.

Ich musste es nun riskieren zu springen, ansonsten würde ich es niemals tun.

Also sprang ich.

Mein Ziel war die Brüstung, und meine Hände glitten sogar kurz daran entlang, bevor sie den Halt verloren. Wenn sich unter dem Balkon kein Ast befunden hätte, auf den ich gerade im richtigen Winkel gefallen war, wäre ich in den Tod gesprungen.

Verzweifelt hielt ich mich an dem Ast fest und brachte es fertig, meine Beine darauf zu schwingen, um mich dann auf die Brüstung zu werfen. Meine Beine fühlten sich wie Wackelpudding an, und mein ganzer Körper war ein zitterndes Wrack, doch ich musste mich zwingen, nach vorne zu schauen.

Ich zog mich über die Brüstung hinüber und ließ mich auf die Dielenbretter absinken.

Als ich mich wieder gefangen hatte, blickte ich am anderen Ende des Balkons auf etwas, das ich zuvor noch nicht bemerkt hatte. Es sah wie ein Fahrstuhl aus. Ich eilte darauf zu und trat ein. Es gab nur zwei Knöpfe — hoch und runter. Ich fragte mich, warum sie sich überhaupt die Mühe gemacht hatten, Fahrstühle zu installieren, wenn sie solche Höhen spielend mit einem einzigen Sprung erreichen konnten. Ich vermutete, sie waren für die menschlichen Sklaven gedacht.

In diesem Fahrstuhl nach unten zu fahren war nicht weniger angsteinflößend, als an dem Ast zu schwingen. Ich hatte keine Ahnung, was mir begegnen würde, sobald ich unten ankam. Die Tür öffnete sich. Ich trat hinaus und versuchte, in der Finsternis etwas zu erkennen. Als ich niemanden in der Nähe sehen konnte, begann ich zu laufen. Ich konnte mich nicht auf dem Schotterweg fortbewegen, für den Fall, dass ich jemandem begegnete, daher war ich gezwungen, durch das Dickicht zu laufen.

Es dauerte nicht lange, bevor meine Füße begannen, in den Plastikpantoffeln Blasen zu entwickeln, während scharfe Blätter und dornige Zweige meine Beine zerkratzten. Ich biss die Zähne zusammen. Ich musste den Schmerz ertragen. Ich durfte nicht anhalten.

Ich hatte keine Ahnung, wie viel Zeit vergangen war — ich vermutete, es waren zwei Stunden. Es fühlte sich ganz bestimmt so lange an. Mein Herz begann, sich dem Punkt zu nähern, an dem es vor lauter Erschöpfung aufgeben wollte.

Schließlich bemerkte ich, wie sich der Wald vor mir teilte. Blasses Mondlicht ergoss sich durch diese Öffnung und erhellte den Wald. Ich stolperte auf eine grasbedeckte Lichtung. Dann taumelte ich zurück, und mir rutschte das Herz in die Hose. Nur wenige Meter entfernt stand eine riesige Mauer.

Ich warf meinen Blick zurück auf den Wald. Dann schaute ich wieder auf die Mauer.

Ich kann nicht umkehren, und ich kann nicht vorwärtsgehen.

Obwohl meine Beine nach einer Pause verlangten, zwang ich mich, auf die Mauer zuzugehen.

Wenn es einen Weg hinein gibt, muss es auch einen Weg hinaus geben.

Ich wiederholte diese Worte wie ein Gebet wieder und wieder in meinem Kopf.

Dann hörte ich, wie hinter mir ein Ast zerbrach.

»Jonas!«, sprach eine Stimme, die für einen Mann ein ganz kleines bisschen zu hoch war.

Eine tiefere, kräftigere Stimme antwortete: »Für mich

sieht das wie Abendbrot aus, Evan.«

Nein.

Zwei Gestalten traten aus den Schatten der Bäume hervor. Mir wurde plötzlich bewusst, wie viel Blut aus meinen Kratzern herausquoll. Ich hatte mich in einen Köder für diese Kreaturen verwandelt. Aufgrund der Kleidung, die diese Männer trugen — die gleichen schwarzen Gewänder mit der roten Anstecknadel, die schon am Abend zuvor die Wächter getragen hatten, die uns begleitet hatten — ging ich davon aus, dass beide von ihnen Wächter waren.

»Was tust du in einer so dunklen Nacht so weit hier draußen?«, fragte Evan.

»Ich gehe spazieren«, bluffte ich. »Mein Herr hat es mir gestattet.« Ich spürte, wie mein Gesicht rot anlief.

»Ach wirklich?« Dieses Mal war es Jonas, der sprach. »Hat er dich auch gebeten, dich am ganzen Körper blutig zu schrammen und dich darauf vorzubereiten, sein Frühstück zu werden, wenn du schon mal dabei bist?«

»Wer ist dein Herr, Süße?« Evan stand nun direkt neben mir. Er hob eine Hand und ergriff mein Haar, wobei er tief einatmete. Ich wollte ihnen gerade erklären, dass ich das Eigentum von Derek Novak war und dass es ein großer Fehler wäre, mir etwas zuleide zu tun, als Jonas begann zu sprechen.

»Wen interessiert das? Jeder, der den Wald durchquert

und die Festung erreicht, ist uns ausgeliefert. Ich bin mir sicher, ihr Herr wird uns dafür dankbar sein, seiner unverschämten Sklavin eine Lektion zu erteilen.« Er ließ seinen Finger über einen der Kratzer an meinen Beinen gleiten, wobei er den Schnitt mit seiner hervorspringenden Kralle nur noch vergrößerte. Voller Schmerz stöhnte ich auf. Er roch an dem Blut und lächelte, bevor er es probierte. »Süß.«

Evan stockte der Atem. Er schien plötzlich Bedenken zu haben. »Vielleicht sollten wir sie nicht anfassen.« Und trotzdem ruhte sein Blick immer noch auf mir, während er mit seiner freien Hand auf meinem Arm entlangstrich.

Ich spürte einen Adrenalinstoß und erinnerte mich vage an einen Kurs in Selbstverteidigung, an dem ich einmal mit Ben teilgenommen hatte. Ich ließ mich auf den Boden fallen, schwang ein Bein unter Jonas hindurch und brachte ihn so dazu, das Gleichgewicht zu verlieren. Ich machte mir Evans Überraschung zu Nutze, drehte mich herum und lief auf den Wald zu.

Ich hatte kaum einige Meter zurückgelegt, bevor beide mich eingeholt hatten. Jonas ergriff meine Taille und warf mich auf den Boden. Evan hielt meine Arme fest, während Jonas sich um meine Beine kümmerte.

»Das war ein großer Fehler, mein Schatz«, grinste Jonas.

Ihre Fänge traten hervor, und ich schloss meine Augen,

um mich mental vorzubereiten. Ich ging davon aus, dass ich vor Schmerzen aufschreien würde, wenn ich spürte, wie ihre Fänge sich in mich hineinbohrten.

Doch stattdessen lockerte sich ihr Griff.

Ich öffnete meine Augen, um zu sehen, wie über mir eine erhabene Gestalt aufragte und die beiden Wächter am Nacken packte.

Derek Novak.

»Hat einer von euch ihr Blut gekostet?«, wollte Derek mit bedrohlicher Stimme wissen. Die Art und Weise, wie seine Schultern sich mit jedem Atemzug hoben und senkten und wie seine Muskeln anschwollen, verriet mir, dass er verzweifelt versuchte, die Kontrolle über sein Temperament bewahren.

»Hoheit, es — es war nicht meine Absicht…« Jonas zitterte so sehr, dass ich seine Worte kaum verstehen konnte. »Ich wusste nicht…«

Was als nächstes geschah, ähnelte nichts, was ich jemals zuvor selbst in meinen schlimmsten Albträumen gesehen hatte. Derek ließ Jonas Hals los und vergrub ohne einen Augenblick zu zögern seine Klauen in dessen Brust. Das Fleisch barst, als Derek das immer noch klopfende Herz von Jonas herausriss.

Mir wurden die Knie weich, und ich fiel zurück auf den Boden. Derek wandte sich daraufhin an Evan, der schreiend hysterische Entschuldigungen hervorbrachte.

»Sei still!«, befahl Derek.

Evan verstummte augenblicklich.

»Leg niemals Hand an das, was mir gehört!«, knurrte Derek. »Sofia Claremont ist mein Eigentum. Wer auch immer ihr Schaden zufügt, hat sich mir gegenüber zu verantworten. Verstanden?«

Evan nickte. »Selbstverständlich, Ho — Hoheit.«

Derek ließ Evans Kehle los, und der Wächter stolperte von seinem Prinzen weg. Er warf das Herz auf den Boden und wischte sich dann mit dem Hemd des toten Wächters das Blut von der Hand. Er stand auf, und sein Blick fiel schließlich auf mich. Ich überlegte, ob ich vor ihm zurückweichen sollte, doch ich erkannte die Sinnlosigkeit dieser Handlung. Angst ergriff mich.

»Steh auf, Sofia!«

Ich stolperte auf meine Füße. Ich erwartete, irgendeine Art von Schmerz zu empfinden. Stattdessen stellte ich fest, dass er sich mit Sorge in seinen Augen meine Beine anschaute. Er holte einen Dolch hervor, den er in seinem Ärmel verborgen hatte. Ich starrte ihn an und fragte mich, ob er ihn dafür benutzen wollte, mir auf irgendeine Art eine Lektion zu erteilen. Aber nein. Er schnitt sich damit in seine eigene Handfläche hinein.

»Was tust du da?« Mein Blick war starr auf das Blut

gerichtet, das aus ihm hervorsprudelte.

»Du hättest nicht versuchen sollen zu fliehen.« Er hob seine Hand an und hielt sie vor meinen Mund. »Trink!«

Meine Augen weiteten sich, als ich auf seine schmutzige, blutige Handfläche starrte. »Ich kann nicht.«

»Du wirst! Das wird deine Verletzungen heilen«, beharrte er. »All diese Kratzer werden dich auf unserem Rückweg zu den Behausungen nur zu einem wandelnden Ziel für jeden Vampir machen, an dem wir vorbeikommen.«

Ich schaute ihn ungläubig an und fragte mich, ob er ebenfalls mein Blut trinken wollte.

»Trink, Sofia!«, wiederholte er — dieses Mal noch strenger. »Meine Hand wird in wenigen Sekunden verheilt sein. Bring mich nicht dazu, mich noch einmal zu schneiden!«

Ich schaute hinunter auf seiner Handfläche und konnte nicht glauben, was ich im nächsten Augenblick tat. Mit einer Hand hielt ich sein Gelenk und mit der anderen seine Finger. Er zuckte zusammen, als ich ihn berührte. Ich schluckte schwer, bevor ich das Undenkbare tat — ich begann, das Blut von seiner Handfläche zu saugen, bis sein selbstzugefügter Schnitt sich wieder geschlossen hatte. Ich trat einen Schritt zurück, wobei der kupferne Geschmack seines Blutes meine Geschmacksknospen überwältigte. Ich musste gegen das Bedürfnis ankämpfen, mich zu übergeben.

»Gut«, sagte er, als er die rote Flüssigkeit, die aus meinen Mundwinkeln tropfte, mit seinem Ärmel abwischte.

Ich warf einen prüfenden Blick auf die Kratzer an meinen Beinen. Genau wie er gesagt hatte, waren sie alle verschwunden. Ich konnte es immer noch nicht fassen, dass ich gerade Blut getrunken hatte, das Blut eines Vampirs. Ich hatte nicht einmal gewusst, dass sie welches hatten.

Derek näherte sich mir ein wenig und ließ seinen Daumen über meinen Wangenknochen gleiten. »Ist alles in Ordnung?«

Ich stand still und war nicht in der Lage, meinen Blick von dem Körper des Wächters auf dem Boden abzuwenden. »Du hast ihn getötet«, sagte ich.

Derek seufzte tief, und ein stoischer Ausdruck breitete sich auf seinem Gesicht aus. »Ich musste ein Exempel an ihm statuieren. Der andere Wächter wird es im gesamten Zirkel verbreiten, dass dir kein Leid zugefügt werden darf. Auf diese Weise bist du sicherer. Und außerdem hatte dieser bereits dein Blut geschmeckt. Er musste sterben.«

Fassungslos starrte ich ihn an.

»Er hätte dich getötet. Er hatte von deinem Blut gekostet, Sofia. Ich bezweifle, dass er genügend Selbstkontrolle gehabt hätte, um sich davon abzuhalten, dich vollkommen zu verschlingen.« Derek hob eine Augenbraue an. »Nach dem Ausdruck auf deinem Gesicht zu urteilen, als beide kurz davor waren, ihre Zähne in dir zu versenken, bin ich mir sicher, dass du wusstest, du würdest nicht in der Lage sein, ihnen ihr Vorhaben ausreden zu können. So wie du es mit mir getan hast.«

Erinnerungen an die vorige Nacht kamen in mir auf. Ich dachte daran, wie widersprüchlich Derek mir vorgekommen war, als er mich gegen die Säule gedrückt hatte. In dem Vampir, den er gerade getötet hatte, war kein Hinweis auf so einen Konflikt zu finden gewesen.

Ich stellte plötzlich fest, dass Derek mich faszinierte. Er war ein Paradox, ein wandelnder Widerspruch. Wie er in einem Moment ohne zu zögern so eine gewalttätige Handlung ausführen und mir gegenüber dann im nächsten Augenblick seine Sanftheit zeigen konnte, beunruhigte mich.

Ich spürte, wie sein Blick über meinen Körper wanderte.

»Du bist stundenlang gelaufen, oder nicht?«

Ich nickte und biss mir auf die Lippen.

»Selbst wenn du über die Mauer gekommen wärst, du befindest dich auf einer Insel. Es sei denn, du kannst kilometerweit schwimmen, an den Haien vorbei und zurück zum Festland, gibt es keinen Weg hier heraus.«

Bevor ich antworten konnte, hob er mich in seine Arme, und innerhalb von nur wenigen Minuten befanden wir uns wieder in seinem Penthouse. Er trug mich in mein Schlafzimmer und legte mich auf das Bett.

»Wir werden in einer halben Stunde frühstücken. Nimm ein Bad und zieh dir etwas anderes an!« Er schaute missbilligend auf mein zerrissenes Kleid.

Bevor er sich der Tür zuwandte, fragte er: »Gibt es etwas, das du haben möchtest?«

Ich möchte hier raus.

Ich verzog das Gesicht und schüttelte den Kopf.

Er nickte mir kurz zu und ging in Richtung Tür. Gerade als er dabei war, sie zu öffnen, hielt er an, schaute mir in die Augen und gab mir eine letzte Warnung.

»Du wirst nur dein Leben riskieren, wenn du versuchst zu entkommen, Sofia. Also, mach es uns allen einfacher! Tu das nie wieder!«

Kapitel 15: Derek

Trotz all meiner Anstrengungen konnte ich nicht aufhören zu starren. Ich saß am Tisch und beobachtete Sofia, wie sie in einem gelben Kleid, das auf eine perfekte Weise ihre Figur betonte, in der Küche umherging. Sie bereitete sich ihr Frühstück zu — zwei Scheiben Brot, die sie in eine Vorrichtung hineinsteckte, die sie einen Toaster nannte. Sie holte ein Glas mit einer Beerenpaste und ein Stück Butter aus dem »zweitürigen Kühlschrank«, der ganz offensichtlich eine Vorrichtung zum Kühlhalten von Nahrung darstellte.

Als sie begann, Butter auf eines ihrer Brote zu streichen, hob sie ihre grünen Augen, um mich anzuschauen. Sie hielt inne mit dem, was sie tat, und starrte.

Ich fand die Art und Weise eher verunsichernd, wie sie mich anblickte. Ich konnte nicht verstehen warum. *Sie ist nur ein Mädchen, Novak. Wann bist du aufgrund irgendeines Mädchens schon jemals so aufgebracht gewesen?*

»Was?«, fragte ich.

»Du hast dem Wächter erzählt, dass ich dir gehöre. Das tue ich nicht.«

Ich bewunderte ihre Kühnheit. Sie sprach mit mir, als wäre sie mir ebenbürtig, hielt sich niemals damit zurück, ihre Meinung zu äußern, und hatte doch eine weibliche Anmut an sich, die ich bezaubernd fand. Ich überlegte, ob ich ihre Aussage kommentieren sollte. Sie gehörte mir. Es war die einfache Wahrheit, und egal, wie gern sie auch etwas anderes geglaubt hätte, es blieb doch eine Tatsache. Ich seufzte und schwieg. *Lass sie glauben, was sie will.*

»Es ist hier niemals Morgen. Warum ist das so?« Sie wechselte das Thema, vielleicht weil sie merkte, dass sie von mir keine Antwort erhalten würde.

»Ein Hexenzauber hält das Sonnenlicht fern.« Ich schaute aus dem Fenster. »Hier im Schattenreich ist es für immer Nacht. Ich habe schon seit fünfhundert Jahren nicht mehr die Sonne gesehen.«

Als ich zu ihr hinaufschaute, verblüffte mich der Ausdruck in ihrem Blick. Es kam mir so vor, als würde sie versuchen, durch mich hindurchzuschauen und mich zu studieren.

»Du bist fünfhundert Jahre alt?«, fragte sie nach einer Pause.

Ich schüttelte meinen Kopf. »Ich bin achtzehn. Ich werde für immer achtzehn bleiben.«

»Warst du in dem Alter, als du… verwandelt wurdest?«

Ich nickte.

»Wer hat dich verwandelt?«

Da mich dieses Bombardement mit Fragen reizte, stand ich auf. »Lass uns jetzt frühstücken!«

Ich war erleichtert, dass sie mich nicht weiter drängte. Sie nahm ihren Teller in die Hand und folgte mir ins Esszimmer. Ich lächelte, als ich sah, dass auf dem Tisch bereits ein Glas voller Blut auf mich wartete.

Sie starrte es an, als sie Platz nahm. Der Ausdruck auf ihrem Gesicht erfreute mich, als ich mich ihr gegenüber an den Tisch setzte und einen Schluck von der Flüssigkeit nahm. Sie beobachtete mich, während ihre Augen mit einer Mischung aus Faszination und Horror geweitet waren.

»Daran werde ich mich nie gewöhnen«, murmelte sie.

»Woran gewöhnen?«, fragte eine tiefe Stimme aus einer Ecke des Raumes.

Ihr Blick schoss in die Richtung, aus der die Stimme kam, doch ich musste nicht hinschauen, um zu wissen, wem sie gehörte.

»Lucas«, sagte ich ruhig.

»Du hast einen Vampir getötet — und dann auch noch einen Wächter.« Lucas beäugte Sofia neugierig. »Für sie.«

»Du hast also schon davon gehört.«

»Evan hat den ganzen Morgen über darüber geklagt.« Lucas nahm neben Sofia Platz.

Es war kein besonderes Einfühlungsvermögen nötig, um zu sehen, dass sie sich in seiner Gegenwart nicht wohlfühlte. Wie ich meinen Bruder kannte, wäre ich nicht überrascht gewesen zu hören, dass er versucht hatte, sich an sie heranzumachen.

Lucas richtete seinen Blick auf sie, als er einen Arm über ihre Stuhllehne legte. »Also, was macht Sofia — so umwerfend sie auch sein mag — wertvoller als das Leben eines Mitglieds deiner eigenen Art, Derek?«

»Sie gehört mir«, wiederholte ich und warf einen intensiven Blick in Sofias Richtung. »Der Wächter hatte sie angegriffen und ihr Blut gekostet. Er hatte es verdient.«

Das Gesicht meines Bruders zuckte. *Will er Sofia haben?*

»Ich verstehe, wie das zu einem Problem werden konnte. Diese hier hat etwas an sich, dass uns Vamps dazu bringt, sie zu begehren.« Lucas Blick wanderte von ihrem Gesicht zu ihrem Hals. »Der Mann wäre nicht in der Lage gewesen zu widerstehen.«

Die Lust war unmissverständlich. Er zog sie praktisch mit seinen Augen aus, und ich konnte sehen, dass Sofia das ebenso spürte, so angespannt und unbeweglich wie sie dort saß. Ich hätte meinen Bruder am liebsten in den Boden gestampft, doch das hätte Sofia nur seinen Zorn eingebracht.

»Warum bist du hier, Lucas?«

Er richtete seine Aufmerksamkeit wieder auf mich.

»So sehr ich mir auch wünschte, dir sagen zu können, dass ich deine Gegenwart vermisst habe, kleiner Bruder, stimmt das wirklich nicht.« Er seufzte. »Vivienne hat mich darum gebeten, dich für nächsten Freitag zu einer Rundreise über die Insel einzuladen, ganz besonders, um die Einzelheiten dessen zu besprechen, was du während deines Schlafes verpasst hast. Nun, da du wach bist, musst du wissen, womit du konfrontiert bist.«

Ich nickte, selbst als mein Magen sich zusammenzog. Ich wusste es zu schätzen, dass meine Schwester mir zumindest eine kurze Weile ließ, um mich zu sammeln, bevor ich mich zurück in die Angelegenheiten der Insel stürzen musste.

Lucas suchte nach etwas in seiner Tasche und warf es mir zu. Ich fing es und starrte es an. Es sah aus wie eine Art Metallplatte. Ich hatte keine Ahnung, wofür es gedacht war.

»Was ist das?«

»Das ist ein Mobiltelefon. Man benutzt es, um Menschen anzurufen oder ihnen eine Nachricht zu senden. Es ist ein Kommunikationsgerät. Ich bin mir sicher, deine Teenagerfreundin hier kann dir beibringen, wie man es benutzt.«

Er strich mit der Rückseite seiner Hand über Sofias Wange. Sie wich unter seiner Berührung zurück. Natürlich erfreute das Lucas nur. Zorn brodelte in mir. Ich ergriff die Tischkante.

»Ich wäre dir dankbar, wenn du sie nicht anfassen würdest. Wie ich es heute Morgen bereits deutlich gemacht habe, gefällt es mir nicht, wenn andere das berühren, was mir gehört.« Meine Stimme hatte etwas Bedrohliches an sich — etwas, das meinem Bruder vertraut war. Der belustigte Ausdruck auf Lucas Gesicht verschwand, und die Stimmung wurde angespannt.

»Und wenn ich damit fortfahre, mir meine Freiheiten mit ihr zu nehmen, was wirst du dann tun, Derek? Würdest du um ihretwillen gegen deinen eigenen Bruder kämpfen?«

Ich wusste, dass er nur meine Loyalität testen wollte, doch ich wusste ebenfalls, wie dieses Spiel gespielt wurde. Trotz allem wollte ich glauben, dass wir immer noch Gentlemen waren.

»Tut mir doch diesen Gefallen, Lucas! Ich weiß nicht warum, aber ich fühle mich von ihr angezogen. Betrachte sie als dein Geschenk an mich!«

Lucas gab nach.

»Ich denke, das ist nur angemessen«, brachte er nach einer Pause hervor. »Immerhin war ich derjenige, der sie gefunden hat.«

Er warf einen letzten Blick auf Sofia und nahm seinen Arm von ihrer Stuhllehne. Er schaute mich eindringlich an.

»Und was hast du mit meinem Geschenk vor?«

Nach der Art zu urteilen, wie Sofia mich anblickte, hätte auch sie gern die Antwort auf diese Frage gehört.

»Ich weiß es noch nicht.«

Kapitel 16: Sofia

In dem Moment, als Lucas den Raum betreten hatte, war mir das bisschen Appetit vergangen, das ich auf mein Frühstück verspürt hatte. Und nun, nachdem er nach Dereks letzten Worten wieder gegangen war, gab es keinen Hinweis darauf, dass die Situation sich verbesserte. Ich schob den Teller zur Seite und richtete meinen Blick auf den jungen Mann. Er schaute mich immer noch an, genauso, wie er es schon getan hatte, als ich das Zimmer betreten hatte.

Die Art und Weise, wie er mich anstarrte, war beunruhigend. Ich verstand nicht, was er so interessant an mir fand.

Er betrachtete den Teller, den ich gerade zur Seite

geschoben hatte. »Du isst ja gar nichts.«

»Was willst du von mir?«

Er schaute mich nachdenklich an, antwortete jedoch nicht.

Ich drückte den Stuhl nach hinten und verließ eilig das Zimmer. Im Laufschritt entfernte ich mich von dem Essbereich, lief die weiten Gänge entlang und schloss mich in meinem Zimmer ein.

Schweratmend versuchte ich, mich selbst zu beruhigen.

So sehr er mich auch aus der Fassung brachte, ich konnte nicht abstreiten, dass Derek Novak im Vergleich zu seinem Bruder etwas Ungewöhnliches an sich hatte. Selbst als er mich an die Säule gedrückt hatte, hatte ich mich nicht so missbraucht gefühlt, wie es allein durch Lucas Blick der Fall war.

Doch ich konnte nicht vergessen, was die Frauen in dem Heilbad zu mir gesagt hatten. Sie hatten mir erzählt, dass wir ein Teil von Dereks Harem werden sollten. Dereks Geschwister hatten das ebenfalls bestätigt. Das war der Zweck dieses Zimmers… warum sonst hätte eine Sklavin so einen großen Raum? Warum all die Dessous? Ich wusste nicht, wo die anderen Mädchen in diesem riesigen Haus gehalten wurden, doch ich vermutete, dass ihre Zimmer meinem sehr ähnlich waren. Bereit und nur darauf wartend, dass dieser junge Mann uns wollte. Aus irgendeinem Grund hatte er darum gebeten, dass ich das Zimmer bekam, das seinem am nächsten war. Vielleicht wollte er mit mir beginnen.

Ich erschauerte.

Wie konnte er noch nicht wissen, was er mit mir vorhatte? Er log, dessen war ich mir sicher. Die Frage war nicht, *was* er von mir wollte. Es war nur die Frage, *wann* er es wollte.

Ich wusste nicht, warum er sich die Mühe machen sollte, es zu verbergen, ohne es mir offen zu sagen. Immerhin hatte er die vollständige Kontrolle über uns. Es war ja nicht so, als könnte irgendeine von uns irgendetwas tun, um ihn aufzuhalten, sollte er sich plötzlich auf uns stürzen.

Ich ging hinüber zum Fenster und schaute auf die dunkle Insel hinaus. Die Baumwipfel schwankten sanft im Wind, als würden sie tanzen.

Doch eines wusste ich sicher: Ich konnte es nicht riskieren, noch einmal zu versuchen zu fliehen, bis ich einen richtigen Plan hatte. Es war klar, dass ich zumindest für den Augenblick unter Dereks Schutz sicherer war als dort draußen. Wie lange das der Fall bleiben würde, wusste ich allerdings nicht.

Ich hasste es, mich so hilflos zu fühlen. Er würde mich wahrscheinlich selbst dann überwältigen, wenn ich eine Waffe oder ein Messer hätte, doch die Vorstellung, etwas zu besitzen, mit dem ich mich verteidigen könnte, gab mir zumindest das Gefühl, etwas weniger schwach zu sein.

Ich blickte mich noch einmal im Zimmer um. Ich hatte die Schränke bereits durchstöbert, als ich nach der Kleidung gesucht hatte, die ich bei meinem Fluchtversuch getragen habe.

Ich ging ins Badezimmer. Der Inhalt der Schubladen bestand vorwiegend aus Make-up, Seife, Shampoo, Parfum… bis mein Blick erneut auf die kleine Nagelschere fiel. Ich hob sie hoch und öffnete und schloss sie wieder. Ich verzog das Gesicht, als ich darüber nachdachte, wie erbärmlich sie war.

Nachdem ich noch fünf weitere Minuten in den Badezimmerschränken herumgewühlt hatte, war mir klar, dass sich in meinem Quartier nichts befand, das gegen einen Vampir eingesetzt werden könnte.

Ich musste in die Küche gelangen. Dort gab es Messer.

Ich eilte hinüber zur Tür und schielte durch das Schlüsselloch. Zwei Vampirwächter gingen draußen auf dem Flur entlang in Richtung des Haupteingangs. Ich atmete tief ein, lehnte meinen Kopf gegen die Tür und ließ mich auf den Boden gleiten, als ich gedanklich alles wiederholte, was sich in den letzten vierundvierzig Stunden ereignet hatte.

Es fühlte sich immer noch wie ein Albtraum an. Ich erwartete nach wie vor, plötzlich aufzuwachen und mich zusammen mit Ben im Hotel wiederzufinden, der neben mir saß und sich dafür entschuldigte, an meinem Geburtstag nicht dagewesen zu sein. Ich schloss meine Augen und versuchte, die Erinnerung ein wenig realer erscheinen zu lassen.

Doch das war das einzig Wahnhafte an meiner Situation — die Hoffnung, dass ich mich nicht dort befand.

Vampire. Wenn solche Wesen wirklich existierten, hätte ich niemals gedacht, dass sie getötet oder verletzt werden könnten. Gemäß der Geschichten, die ich gelesen hatte, und der Filme, die ich über sie gesehen hatte, waren sie untot und konnten nicht umgebracht werden.

Doch ich hatte gesehen, wie Derek diesen Wächter ermordet hatte, und ich hatte gesehen, wie er blutete. Verdammt, ich hatte Dereks Blut sogar gekostet!

Es war ermutigend, dass sie getötet werden konnten, doch merkwürdigerweise ebenso angsteinflößend. So sehr ich auch verzweifelt nach einem Weg suchte, mich selbst zu verteidigen, konnte ich nicht anders, als mich zu fragen: *Habe ich wirklich, was nötig ist, um jemanden zu ermorden?*

Kapitel 17: Derek

Ich hatte Vivienne erzählt, dass ich den Rotschopf als meine Sklavin begehrte. Doch ich war mir immer noch nicht sicher, was ich tatsächlich von ihr wollte.

Als Sofia den Tisch verließ, stand ich selbst auf und machte mich auf den Weg in mein Arbeitszimmer. Ich setzte mich an den Schreibtisch und schob die Bücher zur Seite, über denen ich gestern bis spät in die Nacht gebrütet hatte.

Was hat sie an sich?

Ich wusste es selbst nicht, daher war es unmöglich, meinen Geschwistern zu erklären, was ich in ihr sah.

Ich wusste nur, dass ich, als ich aus Coras Zauber erwachte, erwartet hatte, in die gleiche Dunkelheit abzustürzen, der ich vor all diesen Jahrhunderten entkommen wollte.

Ich hatte erwartet, beim Aufwachen eine stockdunkle Nacht vorzufinden… doch stattdessen sah ich sie.

Mit ihrer unscheinbaren Schönheit und ihrem warmen kastanienbraunen Haar stellte ich mir vor, dass Sofia am besten mit dem Ausdruck »Lichtstrahl« beschrieben werden konnte.

Ich fühlte mich umgehend zu ihr hingezogen. Wie eine Motte zum Licht. Doch ich hatte nicht aufgehört, darüber nachzudenken, was ich eigentlich mit ihr anstellen wollte.

Ich weiß, was Lucas und Vivienne für sie vorgesehen hatten. Sie war zu einem Mitglied meines Harems auserkoren worden, bevor ich überhaupt aufgewacht war. Doch wollte ich wirklich, dass sie das wurde? Meine Mätresse?

Ich wusste es nicht. Ich war überrascht festzustellen, dass der Gedanke mir bisher nicht gekommen war. Beim Aufwachen hatte ich mich so sehr nach ihrem Blut gesehnt, dann ihrer Wärme, ihrem Glanz…

Ich war mir nicht sicher, dass ich sie auf die gleiche Weise behandeln könnte wie die zahllosen Frauen vor ihr, selbst wenn ich es gewollt hätte. Sie schien dafür fast zu kostbar zu sein. Ich befürchtete, dass es das Einzigartige zerstören würde, das mich zu ihr hinzog, wenn ich sie auf diese Weise berührte.

Ich wollte es nicht riskieren, sie zu zerbrechen.

Für den Augenblick sollten meine Geschwister in Bezug auf das, was ich mit ihr vorhatte, glauben, was sie wollten. Doch nachdem ich eine Stunde allein in meinem Arbeitszimmer verbracht hatte, wurde mir die Wahrheit bewusst: Ich interessierte mich nicht dafür, was sie mit ihrer Zeit anstellte.

Ich wollte nur, dass sie bei mir war.

Kapitel 18: Sofia

Erst nach einigen Stunden der Stille außerhalb meines Zimmers brachte ich den Mut auf, die Tür zu öffnen. Ich schaute den Flur hinauf und hinunter und atmete erleichtert aus, als ich sah, dass er leer war.

Ich kannte diese Behausung nun etwas besser und brachte es fertig, mich auf meinem Weg in die Küche nicht zu verlaufen. Obwohl es länger dauerte, als ich erwartet hatte. Jedes Mal, wenn meine Ohren auch nur den geringsten Hinweis auf ein Geräusch wahrnahmen, hielt ich an, nur um dann wieder weiterzugehen.

Sobald die Küche vor mir auftauchte, senkte ich mich auf meine Knie ab und kroch den Rest des Weges. Als ich die

Arbeitsplatte erreicht hatte, stellte ich mich wieder hin. Ich ging direkt auf die Besteckschublade zu, öffnete sie und durchsuchte sie so leise wie möglich nach dem schärfsten Messer, das ich finden konnte.

Ich fand nur eines in einer Scheide und es war eher groß, doch es würde genügen müssen. Ich hob mein Kleid an und versuchte mein Bestes, um das Messer an meiner Unterwäsche zu befestigen.

Mir wurde klar, dass es eine Meisterleistung sein würde, es schnell genug hervorzuziehen, wenn ich angegriffen würde. Sobald ich wieder zurück in meinem Schlafzimmer war, würde ich mir etwas ausdenken müssen. Ich schaute mich noch ein letztes Mal in der Küche nach etwas um, das mir möglicherweise dabei helfen könnte, mich zu verteidigen. Ich wollte gerade gehen, als ich hinter mir eine tiefe Stimme hörte.

»Du hast mich gefragt, was ich von dir will.«

Ich spürte, wie ich erbleichte, als ich mich herumdrehte und Derek Novak direkt in die Augen sah. Er stand in der Tür und hielt seine Arme über seinem Brustkorb verschränkt.

Ich war es nicht gewohnt, dass Menschen mir auflauern. Normalerweise waren mir selbst die leisesten Geräusche bewusst. Offensichtlich konnten Vampire sich gut anschleichen.

Ich hatte keine Ahnung, wie lange er mich schon beobachtet hatte. Ich betete, dass er das Messer nicht gesehen hatte. Doch falls das der Fall sein sollte, reagierte er nicht darauf… noch nicht. Ich starrte ihn an und versuchte, seinen Gesichtsausdruck zu interpretieren.

»Was?«, stotterte ich, obwohl ich mir nicht sicher war, darauf vorbereitet zu sein, die Antwort zu hören.

Er spazierte in die Küche hinein, schlug mit seiner Handfläche auf den Tisch und ließ dort ein Mobiltelefon zurück. Das gleiche, das Lucas ihm zuvor gegeben hatte.

»Bring mir bei, wie man das hier benutzt.«

Oh.

Während mein Herz immer noch in meiner Brust raste, dachte ich, dass ich für seine Antwort dankbar sein sollte. Ich senkte meinen Blick sowohl auf das Handy als auch seine große Hand ab, die nur wenige Zentimeter von dem Telefon entfernt auf dem Tisch lag.

Zögernd schaute ich zurück in seine stechend blauen Augen. Ich fragte mich, was geschehen könnte, wenn ich mich weigerte, seiner Bitte nachzukommen. Doch ich hielt es für klüger, es nicht zu tun. Es lag in meinem eigenen Interesse, so lange wie möglich hoch bei ihm im Kurs zu stehen.

Ich schluckte schwer, griff nach dem Telefon und versuchte, das Zittern meiner Hände zu verbergen, als ich es anhob, um es zu untersuchen. Derek zog einen Stuhl herbei, setzte sich vor mich und beobachtete mich aufmerksam.

Es war schwer, mich unter diesem auf mich gerichteten Blick zu konzentrieren. Erst musste ich selbst herausfinden, wie dieses Ding funktionierte, bevor ich es ihm zeigen konnte. Ich war mir nicht einmal sicher, um was für eine Art von Handy es sich handelte. Es hatte kein Logo. Zu Hause hatte ich ein iPhone und war nicht daran gewöhnt, sehr viele andere Marken zu benutzen. Es stellte sich jedoch heraus, dass es ein Smartphone und nicht schwer zu bedienen war.

Ich ging hinüber zum Tisch und stellte mich neben ihn, während meine Finger zitterten, als ich auf den An/Ausschalter zeigte.

»Du musst auf diesen Knopf drücken, um es an- und auszuschalten.« Ich zeigte es ihm. Als der Bildschirm aufleuchtete, zeigte ich auf das Telefonsymbol rechts unten. »Es ist ein Telekommunikationsgerät, wenn du also hierauf drückst…«

Ich verlor mich, als mir klar wurde, was für ein Trottel ich war, dass ich nicht früher darauf gekommen war.

Ein Handy.

Ich hielt ein verdammtes Handy in meiner Hand.

Derek hatte keine Ahnung, wie dieses Ding zu benutzen ist. Er stammte aus dem siebzehnten Jahrhundert, verdammt noch mal. Vielleicht könnte ich jemanden erreichen, der möglicherweise meinen Aufenthaltsort ermitteln könnte, wenn ich nur mit jemandem sprechen könnte…

»Einen Augenblick«, sagte ich, »ich habe dieses Modell auch noch nie benutzt…«

Meine Finger schwebten über den Tasten. Ich hatte nicht einmal eine Ahnung, wo sich diese Insel überhaupt befand. Ich wusste nicht, welche Vorwahl die richtige wäre. Doch ich hatte keine andere Möglichkeit, als etwas auszuprobieren. Wahrscheinlich hatte ich nur einen Versuch, bevor Derek merken würde, was ich tat. Welche Nummer ich auch immer wählte, ich musste eine weise Entscheidung treffen.

Ich könnte Ben anrufen und hoffen, dass er abnehmen würde. *Wenn er weiß, dass ich es bin und dass ich vermisst werde, könnte er zur Polizei gehen, und die könnte die Technologie besitzen, um den Ursprung der Nummer herausfinden zu können…*

Ich lehnte mich in meinem Stuhl zurück, sodass er den Bildschirm nicht sehen konnte, und tat so, als würde ich ihn erforschen. Ich gab die Nummer ein und drückte auf die Wähltaste. Als ich das Handy an mein Ohr hielt, hörte ich umgehend ein ununterbrochenes Piepen. Die Leitung war tot. Ich versuchte meine eigene Nummer. Ebenfalls tot.

Ich fluchte leise in mich hinein. *Vielleicht verhinderte der »Zauber«, von dem Derek gesprochen hatte, ebenfalls die Kommunikation mit der Außenwelt.*

Ich fühlte mich niedergeschmettert. Der Funke Hoffnung, der in mir aufgestiegen war, hatte sich so real, so realistisch angefühlt, dass ich mir meine Flucht bereits vorgestellt hatte… Polizeihubschrauber, die im Schattenreich landeten und mich und die Mädchen hier herausholten, um uns sicher zurück nach Hause zu bringen.

Es schien, als würde Derek die Enttäuschung auf meinem Gesicht bemerken. Er hob eine Augenbraue an.

Ich zwang mich, meine Haltung zu wahren, obwohl ich nichts lieber gewollt hätte, als zusammenzubrechen und zu weinen, und fuhr damit fort, ihm das Telefon zu erklären.

Ich konzentrierte meinen Blick wieder auf den Bildschirm, sodass er die Tränen in meinen Augen nicht bemerken würde. Ich erklärte ihm, wie man Anrufe tätigte — es waren bereits einige Nummern im Telefon eingespeichert. »Lucas«. »Vivienne«. »Xavier«… Ich zeigte ihm die Nachrichtenfunktion. Ich erklärte ihm, wie er seine Sprachnachrichten abhören konnte.

Während meiner gesamten Vorführung war er sehr still, sodass ich schließlich hochschaute, da ich mich fragte, ob er mir überhaupt zuhörte.

Voller Frust atmete ich aus, als ich feststellte, dass er nicht im Geringsten auf das achtete, was sich ihm zeigte. Sein Blick war immer noch auf mein Gesicht fixiert, genauso wie es gewesen war, als ich zum ersten Mal von dem Handy hochgeschaut hatte. Ich war mir nicht sicher, ob ein einziges Wort von dem, was ich gesagt hatte, bei ihm angekommen war.

»Passt du überhaupt auf?«

»Ja, Sofia. Das tue ich.«

Ich schob das Telefon in seine Richtung. »Nun, dann zeig mir, was ich dir gerade beigebracht habe!«

Ich zitterte, als seine kalten Finger an meinen entlangglitten, als er mir das Telefon abnahm.

Er stellte das Handy an, wie ich es ihm gezeigt hatte, und wechselte dann zwischen der Wähl-, Text- und Nachrichtenfunktion hin und her.

Er lernte schnell.

Ich war mir nicht sicher, ob es noch etwas anderes gab, das ich ihm an dem Telefon hätte erklären müssen. Ich konnte mir nicht vorstellen, dass er Bilder oder Spiele nützlich finden könnte.

»Es gibt nicht sehr viel mehr, was ich dir noch zeigen kann«, sagte ich. Ich machte Anstalten aufzustehen, wobei ich mir des Messers unter meinem Kleid immer noch sehr genau bewusst war.

»Liest du gern?«, fragte er plötzlich.

Ich runzelte die Stirn. »Ja… warum?«

Er ergriff meine Hand, umschlang sie mit seiner und zog mich aus dem Zimmer heraus. Ich musste laufen, um mit ihm mithalten zu können, als er mich von einem Zimmer zum anderen führte. Als wir das Ende eines gläsernen Ganges erreichten, hielt er vor einer Tür an. Er drückte sie auf, nickte und trat zurück, womit er mir bedeutete hineinzugehen.

Ich schritt durch die Tür, wobei ich ihm einen misstrauischen Blick zuwarf. Mir stockte der Atem. Ich fand mich in einer hervorragend ausgestatteten Bibliothek wieder. An den Wänden war kein einziger freier Platz mehr. Alle waren mit Bücherregalen bedeckt. Ich stand in der Mitte des Raumes und war sprachlos, als ich seine Schönheit in mir aufnahm.

»Nimm dir, was du möchtest!« Seine Stimme kam von dicht hinter mir. Ich drehte mich um und sah, dass er eingetreten war und meine Reaktion beobachtete.

Ich blickte ihn zögerlich an und schaute dann zurück auf die Regale. Ich ging auf die Bücher zu und ließ meine Finger über deren staubige Rücken gleiten. Es befanden sich überwiegend Klassiker hier. Was Sachbücher anging, gab es einige über Technologie. Ich vermutete, dass Vivienne sie dorthin gelegt hatte, um Derek dabei zu helfen, sich auf den neuesten Stand zu bringen.

Ich war mir nicht sicher, ob mein Geist sich in einem Zustand befand, der es mir gestatten würde, ein Buch zu lesen, doch ich war trotzdem dankbar. Wenn ich es fertig bringen könnte, mich auf die Worte auf den Seiten zu konzentrieren, würde mir das helfen, mir die Zeit zu vertreiben. Ich würde mich in dem großen Schlafzimmer nicht so allein fühlen.

Nachdem ich mir die Bücher ausgesucht hatte, die ich haben wollte, verließ ich den Raum, und da Derek keine Einwände erhob, eilte ich zurück in mein eigenes Zimmer.

Ich verschloss die Tür und legte die Bücher auf mein Bett. Ich entfernte das Messer von meiner Unterwäsche und legte es auf die Matratze. Ich nahm es aus seiner Scheide und untersuchte seine Schärfe. Als ich meine Kleiderschränke erneut durchsuchte, dieses Mal nach einem Gürtel, ging mir die Frage nicht aus dem Sinn, ob ich diese Klinge letzten Endes tatsächlich für Derek brauchen würde.

Kapitel 19: Sofia

Ich fand einen Gürtel, und mit Hilfe der Haarbänder, die sich im Badezimmer befanden, konnte ich das Messer so an meinem Oberschenkel befestigen, dass ich es im Notfall schneller würde hervorziehen können. Danach war ich so erleichtert, dass ich es fertigbrachte, mich bis zum Abend in meinen Büchern zu vergraben. Zu Anfang war es schwer, doch nachdem ich mich einmal durch die ersten drei Seiten von *Tausendundeine Nacht* hindurchgequält hatte, verlor ich mich tatsächlich in der Geschichte. Es war eines meiner absoluten Lieblingsbücher.

Ich hatte die Zeit aus den Augen verloren, doch es mussten Stunden vergangen sein, und schon bald merkte ich, wie mir die Augen zufielen. Es wurde immer schwieriger, sie offen zu halten. Ich legte das Buch auf meinen Nachttisch, schloss meine Augen und war bereits kurz davor einzuschlafen, als ich in der Ferne ein Weinen hörte.

Schlagartig setzte ich mich aufrecht hin, wobei meine Hand instinktiv nach dem Messer griff, das ich an der Innenseite meines Oberschenkels befestigt hatte. Mich überkam eine Gänsehaut, als das Weinen anhielt. Es kam von einem der Mädchen, dessen war ich mir sicher.

Ich stieg aus dem Bett und schlich zur Tür. Nachdem ich sie geöffnet hatte, schaute ich den Flur hinauf und hinunter. Er war leer. Als das Weinen andauerte, eilte ich in Richtung dieses Geräusches. Es führte mich in einen Teil des Baumhauses, den ich bisher noch nicht betreten hatte. Als ich die Tür erreichte, hinter der das Weinen am lautesten zu sein schien, klopfte ich.

»Hallo?«, flüsterte ich.

Ich vermutete, dass jeder Vampir in diesem Baumhaus das Weinen gehört haben musste, wenn ich schon dazu in der Lage war. Und doch war niemand in Sicht.

Ich ergriff den Knauf und drückte gegen die Tür.

Sie war verschlossen.

Das Weinen verstummte, als ich weiterhin am Türknauf drehte.

»Geht es dir gut?«, flüsterte ich.

»W — wer ist da?«, fragte eine zitternde Stimme.

»Sofia. Wer bist du?«

»Gwen.«

»Gwen… was ist los?«

»Ich habe solche Angst, Sofia. Ich hatte einen Albtraum. Ich hasse es, ganz allein hier drinnen eingesperrt zu sein.«

Noch einmal schaute ich mich auf dem Flur um. Es waren immer noch keine Vampire zu sehen.

Obwohl mir meiner Unvernunft bewusst war, rief ich durch die Tür hindurch: »Okay. Gwen, warte einfach hier! Ich werde versuchen, dich hinauszubekommen.«

»I — in Ordnung. Danke!«

Ich holte tief Luft, ging den Flur zurück in Richtung meiner Seite des Baumhauses und hielt vor der Tür neben meiner an.

Was tue ich hier?

Habe ich wirklich vor, an diese Tür zu klopfen und ihn zu stören?

Obwohl ich große Angst hatte, konnte ich Gwens Leiden nicht einfach ignorieren. Obwohl ich genauso hilflos war wie sie, hatte ich das Gefühl, ich müsste zumindest versuchen, etwas dagegen zu unternehmen.

Ich streckte meine Hand aus und klopfte.

Nur einige Augenblicke später hörte ich Schritte, und die Tür öffnete sich.

Derek stand mit nacktem Oberkörper und schweren Lidern aufrecht vor mir, und sein Haar war zerzaust. Es dauerte einen Moment, bevor ich meinen Blick von seinem unglaublich wohlgeformten Brustkorb losreißen konnte, um ihm ins Gesicht zu schauen und mich daran zu erinnern, warum ich überhaupt geklopft hatte.

»Es — es tut mir leid, dich zu stören«, stammelte ich. »Es geht um Gwen. Sie hatte einen Albtraum. Könntest du ihre Tür öffnen, damit ich sie trösten kann?«

Er hatte zuerst verärgert ausgesehen, als er die Tür geöffnet hatte. Doch sein Blick schien zu erweichen, als er mich musterte.

Er verschwand hinter seiner Tür, nur um einen Augenblick später wieder aufzutauchen, und ich sah, dass er nun einen schwarzen Umhang trug, der um seine Taille herumgeschlungen war.

»Warte hier!«, befahl er mir.

Er ging den dunklen Flur hinunter. Ich zitterte, als ich die Geräusche seiner Schritte hörte, die rasch verschwanden. Ich trat einen Schritt zurück in der Hoffnung, einen kurzen Blick in sein Zimmer hineinwerfen zu können, doch er hatte die Tür hinter sich geschlossen.

Ich musste nicht lange warten. Derek kam nur einen Augenblick später zurück und ging den Flur entlang, während er Gwen in seinen Armen trug. Sie sah so blass aus wie ein Geist, als er sie absetzte. Ihre Augen waren blutunterlaufen, und ihr Haar klebte an ihrem verschwitzten Gesicht. Sie schlang ihre Arme um mich herum. Ich wollte direkt in mein Zimmer gehen, doch bevor Derek sich in seine eigenen Räumlichkeiten zurückzog, streckte ich meine Hand aus und berührte seinen Arm.

Er zuckte zusammen und schaute so schnell auf, als hätte ich ihm gerade einen elektrischen Schock verpasst.

»Danke«, sagte ich und zog meine Hand schnell zurück.

Als ich mit Gwen zurückwich, spürte ich, wie sein Blick mir folgte. Ich schaute ihn ein letztes Mal kurz an, bevor ich meine Tür schloss.

Ich war mir nicht sicher, was ich in seinen Augen gesehen hatte. Zuerst dachte ich, es sei Sehnsucht gewesen — doch nicht von der Art, die mich ängstigte oder mir das Gefühl gab, mich in Gefahr zu befinden. Sie gehörte eher zu der Sorte, die mich fast… Mitleid für ihn empfinden ließ. Als hätte er irgendwelche Schmerzen.

Der Ausdruck in seinen Augen hatte in mir den Wunsch geweckt, nach ihm zu greifen und ihn zu berühren. Ihm irgendwie Mut zu machen… Es dauerte einen Augenblick, bis mir die Unsinnigkeit dieses Gedankens bewusst wurde.

Ich konnte mir immer noch nicht sicher sein, dass ich Gwen einen Gefallen damit tat, sie in einem Zimmer näher an Derek Novak schlafen zu lassen, doch um ehrlich zu sein, war ich froh über ihre Gesellschaft. Ich bedeutete ihr, sich neben mir ins Bett zu legen, nahm sie in den Arm, strich ihr übers Haar und gab ihr einen Kuss auf die Stirn.

»Es ist alles in Ordnung«, flüsterte ich, während ich selbst versuchte, Überzeugung in meinen eigenen Worten zu finden. »Alles wird gut.«

Kapitel 20: Derek

Sofia Claremont. Sie war ein Wunder.

Ich konnte nicht aufhören, sie anzustarren, als sie mit Gwen in ihr Schlafzimmer ging, während sie ihren Arm um die Taille des Mädchens geschlungen hielt und ihr tröstende Worte ins Ohr flüsterte, obwohl sie genauso viel — wenn nicht noch mehr — Grund hatte, verängstigt zu sein.

Als sie in ihrem Zimmer verschwand, schüttelte ich meinen Kopf und versuchte, mich aus dem Trancezustand wachzurütteln, in den mich diese einfache Geste versetzt hatte.

Es war ein Schock gewesen zu hören, wie sie an meine Tür geklopft hatte. Zuerst konnte ich nicht verstehen, warum sie das tun würde. Doch ich hätte vermuten können, dass Gwens Weinen sie verstört hatte.

Ich fragte mich, woran sie dachte, bevor sie die Tür schloss. Ich war mir nicht sicher, was ich in ihren Augen gesehen hatte. Verglichen mit den anderen Mädchen hatte die Art und Weise, wie sie mich anschaute, etwas Sonderbares an sich. Unsicherheit, ja. Aber nicht wirklich Angst. Er eine unnatürliche Neugier.

Ich fragte mich, was der Grund dafür war.

Ich kletterte zurück in mein Bett, obwohl ich nicht das Verlangen hatte zu schlafen. Ich starrte hinauf zur Decke.

Morgen würde Vivienne mich abholen, und ich würde zurück in die Angelegenheiten der Insel gestoßen werden. Zurück in das Leben, dem ich versucht hatte zu entkommen.

Ich stellte fest, dass der Gedanke, Sofia stundenlang allein im Baumhaus zurückzulassen, mir Sorgen bereitete. Ich bezweifelte, dass einer der Wächter ihr etwas antun würde, nachdem ich an Jonas ein Exempel statuiert hatte. Doch ich wurde die Vorstellung nicht los, dass etwas Schlimmes passieren könnte. Ich war immer noch nicht davon überzeugt, dass sie nicht doch noch einmal versuchen könnte zu fliehen.

Vielleicht waren meine Wächter loyal, doch was wäre, wenn es einen anderen Vampir gäbe, der beschloss, sich vorzuwagen… einen, der sich nicht so sehr unter meiner

Kontrolle befand? Ich erinnerte mich an meinen eigenen Bruder, und erneut stieg Zorn in mir auf, als ich daran dachte, wie er Sofia beäugt hatte. Er hatte mir zugestimmt, dass sie sein Geschenk an mich war. Doch ich würde es ihm trotzdem zutrauen, sich an sie heranzumachen.

Sie war so zerbrechlich. Ein einziger Vampir würde genügen, und sie wäre für immer für mich verloren.

Ich hatte plötzlich das Gefühl, als wäre sie das Wertvollste, das ich besaß — vielleicht sogar jemals besessen habe. Und doch hatte ich keine andere Wahl, als meiner Aufgabe nachzukommen und mich um die Insel zu kümmern. Ich konnte das nicht noch länger vor mir herschieben.

Während der frühen Morgenstunden fasste ich einen Entschluss. Und als ich das tat, fragte ich mich, warum ich nicht schon früher daran gedacht hatte. Es war bestimmt kein narrensicherer Plan, doch zumindest würde er ihr ein bisschen helfen. Sie würde kein so verwundbares Ziel mehr darstellen. Und ich wäre in der Lage, etwas ruhiger zu atmen, solange sie sich nicht in meiner Nähe aufhielt.

Ich verzog das Gesicht, als ich mir vorstellte, was mein Vater und meine Geschwister über mich denken würden, wenn sie wüssten, dass mir überhaupt so eine Idee kommen könnte. Aber es war mir egal, was sie dachten. Es war meine Aufgabe, sie zu beschützen.

Kapitel 21: Sofia

In dieser Nacht schlief ich sehr viel besser, als ich es erwartet hätte. Ich konnte nur annehmen, dass die Gesellschaft von Gwen der Grund dafür war. Sie hatte während der ganzen Nacht nicht aufgehört, mich festzuhalten. Ihre Arme waren immer noch fest um mich herumgeschlungen, als ich am nächsten Morgen aufwachte. Es war etwas Kraft nötig, um mich von ihr zu lösen.

Sie schien ebenfalls in einer besseren Stimmung zu sein. Ihre Wangen waren etwas gerötet. Wir wechselten uns bei der Benutzung des Badezimmers und der Dusche ab, bevor wir uns anzogen und uns auf den Weg in die Küche machten. Ich spürte, wie sie anfing, neben mir zu zittern, als wir uns dem Wohnzimmer näherten. Ich drückte ihren Arm. »Es ist in Ordnung.«

Wir kamen in der Küche an, ohne jemanden getroffen zu haben. Ich suchte den Kühlschrank und die Schränke nach Zutaten ab.

»Wie wäre es mit Pfannkuchen?«, fragte ich.

Sie nickte. »Pfannkuchen erinnern mich an zu Hause.«

Sie half mir dabei, die Zutaten zu vermischen. Ich backte den Teig in der Pfanne, während Gwen einen Obstsalat für uns zubereitete. Für Vampire, die nichts weiter als Blut zu sich zu nehmen schienen, war der Kühlschrank für die Bedürfnisse von Menschen überraschenderweise sehr umsichtig gefüllt.

»Wann hast du das letzte Mal etwas Anständiges gegessen?«, fragte ich sie mit vollem Mund.

Sie schüttelte ihren Kopf. »Ich fühle mich so benommen, seitdem ich hier bin. Ich erinnere mich gar nicht daran.«

»Von wo haben sie dich entführt?«, fragte ich.

»Ich habe mit meinen Eltern Urlaub in Florida gemacht«, sagte sie mit leiser Stimme, und ihre Augen begannen, sich bei dieser Erinnerung mit Tränen zu füllen. »Wie ist es mit dir?«

»Cancún«, seufzte ich.

Obwohl ich neugierig war und Gwen gern noch weitere Fragen über ihr Leben vor dem Schattenreich gestellt hätte, wollte ich sie nicht betrüben und uns beiden die Laune verderben. Also tat ich es nicht. Ich versuchte, leichtere Themen zu finden, über die wir uns unterhalten konnten, während wir unser Frühstück beendeten.

Ich lehnte mich in dem Stuhl zurück und fühlte mich schließlich zum ersten Mal, seitdem ich auf der Insel angekommen war, vollkommen zufrieden. Wir räumten auf, und ich wollte gerade mit Gwen zurück in mein Zimmer gehen, als Derek Novak im Türrahmen erschien und uns den Ausgang versperrte.

Er trug einen langen schwarzen Mantel über seinen Jeans und seinem Hemd. Er sah so aus, als wollte er gerade irgendwo hingehen.

Gwen versteckte sich hinter mir. Doch das wäre nicht nötig gewesen. Sein Blick war auf mich fixiert, und mich allein.

»Komm mit mir, Sofia!«

»Warum?«

Er hielt mit einem Ausdruck der Ungeduld in seinen Augen inne, als würde er überlegen, ob er sich überhaupt die Mühe machen sollte, mir eine Antwort zu geben. Er stellte sich vor mich und nahm meine Hand in seine.

»Ich muss dir etwas zeigen«, sagte er.

Er begann, mich aus dem Zimmer hinauszuziehen.

»Warte… Gwen. Ich muss sie erst zurück in unser

Zimmer bringen. Sie ist zu ängstlich, um es allein zu schaffen.«

Ungeduldig atmete er aus. Dann hob er Gwen auf, warf sie über seine Schulter und lieferte sie höchstpersönlich in unserem Zimmer ab. Ich vermutete, das würde Gwen in einen weiteren Angstzustand versetzen. Doch zumindest war sie jetzt wieder zurück im Zimmer. Ich hoffte, dass sie sich mit den Büchern ablenken konnte, die Derek mir gegeben hatte, während ich… mich dort aufhielt, wo auch immer dieser Vampir mich haben wollte.

Seine kalte Hand umfasste meine, als er mich aus dem Penthouse hinauszog. Sobald wir auf der Terrasse standen, hob er mich mit seinen Armen hoch, sprang auf die dünne Brüstung, die die Terrasse umgab, und tauchte ab. Mir drehte sich der Magen um. Es war hundert Mal grausamer als die schlimmste Achterbahnfahrt. All die Luft wurde aus meinen Lungen gepresst, und es war ein Wunder, dass mir mein ganzes Frühstück nicht wieder hochkam.

Sanft wie eine Katze landete er auf dem Boden. Meine Knie zitterten, als er mich absetzte, während er seinen Mantel zurecht zog.

»Danke für die Vorwarnung«, murmelte ich.

Er ignorierte meine Bemerkung und hob mich wieder hoch, wobei er einen seiner Arme um meine Taille schlang und mit dem anderen meine Knie stützte.

»Wohin gehen wir?«

Er antwortete nicht. Sein Blick war streng geradeaus gerichtet, als er begann, durch den Wald zu rasen. Die Umgebung rauschte an uns vorbei, und alles, was ich tun konnte, war, mich an ihm festzuhalten und mich nicht so zu fühlen, als würde ich gleich von dem Wind weggetragen werden, der an uns vorbeizog. Es schien, als würden wir durch einen dunklen Wald reisen.

Plötzlich wurde er langsamer, und Geplapper füllte meine Ohren. Ich musste mich anstrengen, um eine Gruppe von vier jungen weiblichen Vampiren zu sehen, die im Wald auf uns zugingen. Sie starrten Derek voller Ehrfurcht an.

»Derek Novak.« Eine von ihnen trat nach vorn und verbeugte sich. Die anderen folgten auf der Stelle.

Derek hielt mich fester an seine Brust gepresst, als sie sich näherten. Mir gefiel die Art und Weise nicht, wie eine von ihnen mich beäugte. Als würde ich sie genügend verärgern, um mir die Augen auszukratzen.

»Erinnert Ihr Euch an mich, Prinz?« Eine hübsche dunkelhaarige Vampirin trat einen Schritt nach vorn. »Mein Name ist Heidi.«

Derek blickte sie an, als wäre sie nichts weiter als eine Plage. »Nicht jetzt.«

Sie sah wütend aus, als er sich durch die Gruppe hindurchdrängte. Ich erschauerte, als alle ihre Blicke auf mich richteten.

Ich hatte mir bereits Lucas Zorn eingefangen, und vielleicht auch Viviennes, wenn ich daran dachte, wie sie mich immer so misstrauisch anschaute. Doch ich hatte das Gefühl, dass ich mir noch sehr viel mehr Feinde schaffen würde, solange ich die Muse des Prinzen war.

Ich fragte mich immer noch, was abgesehen von seinen körperlichen Fähigkeiten der Grund dafür war, dass alle so viel Ehrfurcht vor ihm hatten.

Ich festigte meinen Griff um seinen Nacken herum, als wir wieder beschleunigten.

Schon bald verließen wir den Wald und kamen an einem offenen Feld mit zahlreichen weißen Markierungen an. Derek begann, auf ein fensterloses Gebäude aus Stein am Rand des Feldes zuzugehen. Er zog unter seinem Umhang ein Schlüsselbund hervor, schloss die schweren Eichentüren auf und öffnete sie.

Wir betraten eine Halle. Sie war von innen sehr viel größer, als sie von außen gewirkt hatte. Die Wände waren von dunklen Laternen gesäumt, die Schatten auf all die Waffen warfen, die überall herumhingen. Schwerter, Dolche und sogar einige Gewehre. Doch mehr als alles andere sah ich hölzerne Pfähle.

»Willkommen in der Waffenkammer des Schattenreiches«, sagte Derek, als er auf die Wand zuging, die uns am nächsten war, und einen besonders spitz aussehenden Pfahl ergriff.

Er streckte ihn mir entgegen. Vorsichtig nahm ich ihn in die Hand und betrachtete seine scheußlich aussehende Spitze.

»Das Messer, das du unter deinem Kleid trägst, ist gegen Vampire nutzlos. Du kannst es genauso gut wegwerfen.«

Ich spürte, wie mir die Röte in die Wangen stieg, als er mich gleichmütig anschaute.

Woher wusste er das? Ich konnte nur vermuten, dass er mich an dem Tag in der Küche gesehen hatte.

Ich schluckte und nickte. Ich griff mit einer Hand unter mein Kleid, löste das Messer von meinem Innenschenkel und legte es auf den Holztisch.

»Einen Vampir zu stechen wird nur seinen Zorn erwecken«, fuhr er fort, während er nach einem weiteren Pfahl griff. »Das ist genauso, wie mit einem Stock auf einen wütenden Hund einzuschlagen.« Er nahm mein Messer vom Tisch und begann, den Pfahl damit anzuspitzen. »Sofern du weder Klauen noch die Kraft hast, den Brustkorb eines Vampirs zu durchstoßen, besteht der schnellste Weg, ihn zu töten, darin, einen Pfahl durch sein Herz zu stoßen.«

Er stellte sich hinter mich. Ich spürte seinen Brustkorb an meinem Rücken, als er seine Arme an meinen Seiten ausstreckte. Er schloss seine großen Handflächen um die

Rückseite meiner Hände herum und hielt den Pfahl so, dass er sich in einem Winkel von dreißig Grad befand.

Ich trat einen Schritt nach vorn von ihm weg und starrte ihn an. »Warum zeigst du mir das?«

»Weil ich nicht immer in deiner Nähe sein kann. Ich würde mich besser damit fühlen, dich allein zu lassen, wenn ich wüsste, dass du zumindest ein Grundwissen darüber hast, wie du dich gegen meine Art verteidigen kannst. Wie ich bereits deutlich gemacht habe«, er schaute mich herausfordernd an, »gefällt es mir nicht, wenn andere das berühren, was mir gehört.«

Seine letzten Worte waren wie ein Stechen. Ich wollte ihn gerade erneut korrigieren, dass ich ihm nicht gehörte, doch er unterbrach mich.

»Komm mit!«, sagte er, als er meine Hand erneut ergriff und mich aus der Halle hinauszog. Er ging mit mir auf das Feld und blieb stehen. Er legte mir noch einmal einen der Pfähle in die Hände und ließ den anderen auf den Boden fallen.

»Halte ihn so in deinen Händen, wie ich es dir gerade gezeigt habe!«

Ich starrte hinunter auf das hölzerne Instrument in meinen Händen und versuchte dann, ihm zu gehorchen.

»In einem größeren Winkel«, sagte er und schob ihn nach oben. »So.«

Er näherte sich mir. Mir klappte die Kinnlade herunter, als er seinen Umhang auszog und sich dann sein Hemd vom Leib riss. Seine Arm- und Bauchmuskeln bewegten sich, als er sich mir bis auf einen halben Meter näherte.

Ich begann, den Pfahl zu senken, doch er hielt seine Hand in die Höhe.

»Was tust du da?«, fragte er, wobei seine Stimme voller Ungeduld anschwoll. »Ich habe dir gerade die richtige Position gezeigt. Belasse ihn dort!«

Mit ungleichmäßiger Atmung positionierte ich die Waffe neu.

Er näherte sich mir noch mehr, bis das scharfe Ende des Pfahls in seine Haut hineinstach. Er hielt die Spitze fest und bewegte den Pfahl noch weiter nach oben. Er zeigte auf die Stelle an seinem Brustkorb — direkt über seinem Herzen — in die die Stelle sich hineinbohrte.

»Ein fester Stoß, und selbst du könntest mich mit einem Pfahl wie diesem erledigen, wenn du genügend Druck ausübst. Der Trick besteht darin, den richtigen Winkel zu benutzen, sodass du die richtige Stelle durchbohrst.«

Meine Kehle schnürte sich zu, als ich nickte.

Ich versuchte, mich auf die Stelle zu konzentrieren, auf die er zeigte, doch zu meiner eigenen Verwirrung stellte ich fest, dass mein Blick über die Konturen seines gut trainierten Brustkorbs wanderte.

»In Ordnung«, hauchte ich. Ich wollte meinen Griff um den Pfahl herum wieder lockern, aber er ergriff meine Arme und drückte den Pfahl an Ort und Stelle gegen seinen Brustkorb.

Seine elektrisierenden blauen Augen strahlten mich furchtlos an. Es war fast so, als würde er mich dazu herausfordern zuzudrücken.

»Warum denkst du jetzt nicht darüber nach, mich umzubringen?«, flüsterte er. »Dieser Pfahl ist spitz. Es wäre sehr viel einfacher, als du glaubst.«

Ich dachte, das sei eine gute Frage. Doch ich war mir nicht sicher, ob es eine einfache Antwort darauf gäbe. Zumindest keine vollständige. Es war mir noch nicht einmal in den Sinn gekommen, ihn zu töten, seitdem ich dort stand. Kein einziges Mal.

Er umfasste meine Arme noch fester, sodass die Spitze des Pfahls eine noch tiefere Kerbe in seiner Haut hinterließ.

»Warum denkst du, dass ich das tun sollte?«, fragte ich.

»Habe ich dir nicht schon genügend Gründe gegeben, mich zu verachten?«

Mein Mund öffnete sich, doch es kamen keine Worte heraus. Verachten? Vielleicht sollte ich ihn verachten. Doch aus Gründen, die ich nicht verstehen konnte, kam mir das Wort zu streng vor, um das zu beschreiben, was ich für ihn empfand.

Bevor ich antworten konnte, schlug er mir den Pfahl aus den Händen, und bevor ich mich versah, prallte ich mit dem Rücken auf den Boden. Derek kauerte über mir, und sein steinharter Brustkorb drückte mich in die Erde. Seine Hände ergriffen meine Handgelenke und hielten sie über meinem Kopf fest, als seine Lippen nach meinem Nacken suchten und sich an der empfindlichsten Stelle niederließen, genau unter meinem Ohr. Mir stockte der Atem, als ich erst die Spitze seiner kühlen Zunge spürte und dann seine Fänge, die über meine Haut glitten. Das Gefühl seines Körpers so dicht an meinem, der leichte Duft seines Moschus und das Geräusch seiner schweren Atmung überhäuften wieder einmal meine Sinne.

Zuerst war ich zu geschockt, um schreien zu können, geschweige denn mich zu wehren.

Ich versuchte, meine Hände zu befreien und ihn von mir wegzudrücken, doch als seine Fänge auch nach einigen Sekunden immer noch nicht meine Haut durchstochen hatten, wagte ich zu flüstern: »Derek?«

Sein Brustkorb hob und senkte sich, als wäre atmen das Einzige, was ihn davon abhalten könnte, mich zu verschlingen.

Langsam bewegte er seinen Kopf von meinem Hals weg und drückte sich von mir ab.

»Du darfst niemals zögern«, sagte er mit heiserer Stimme.

Seine Blick war angespannt und immer noch auf meinen Hals gerichtet, fast so, als würde er es bedauern, nicht einen Schluck von mir genommen zu haben, während er die Gelegenheit dazu hatte. »Du musst in dem Moment zuschlagen, in dem du die Chance bekommst. Denn es wird keine zweite geben.«

Er streckte mir eine Hand entgegen, die ich nahm, und zog mich auf meine Füße. Meine Hände zitterten noch, als ich den Pfahl aufhob.

»In Ordnung«, sagte ich.

»Bring dich wieder in Position!«, befahl er und wendete mit viel Mühe seinen Blick von meinem Hals ab, um mir fest in die Augen zu schauen.

Ich tat, worum er mich gebeten hatte.

»Spreiz deine Beine etwas weiter! Nein… noch mehr.«

Er griff mit einer Hand hinunter zu meinem rechten Oberschenkel und klopfte darauf, bis ich mich so hingestellt hatte, wie er es wollte. Ich musste zugeben, dass es in dieser Position sehr viel einfacher war, den Pfahl zu halten.

Ich drückte die Spitze des Pfahls gegen seinen Brustkorb, bis er sich wieder an der richtigen Stelle befand. Sobald ich zuversichtlich war, dass ich die Stelle finden konnte, während er stillstand, stülpte er eine Plastikkappe über die Spitze und begann, mir beizubringen, wie ich ihn richtig zu treffen hatte, wenn er hin und her lief. Er bewegte sich mit rasender

Geschwindigkeit, sodass ich anfing, die Aufgabe für unmöglich zu halten. Jedes Mal brachte er es fertig, mir zu schnell zu nahe zu kommen, sodass ich mein Ziel nicht treffen konnte und er es schaffte, mir den Pfahl aus der Hand zu schlagen.

Doch nach zwei Stunden begann ich, mich ein wenig mehr daran zu gewöhnen. Ich traf mein Ziel sogar zweimal — was zumindest eine Verbesserung meiner vorherigen Leistung von null war.

Derek schien noch nicht mit meinem Fortschritt zufrieden zu sein, doch da ich nach zwei Stunden Hinweise auf Erschöpfung zeigte, bestand er nicht darauf, dass wir fortfuhren.

Keuchend setzte ich mich mit dem abgedeckten Pfahl auf den Boden.

Ich schaute zu ihm hoch, als er sein Hemd wieder anzog und darüber seinen Umhang befestigte.

»Du hast noch viel zu lernen«, bemerkte er.

»Du solltest den anderen Mädchen ebenfalls Unterricht geben«, sagte ich und hob den Pfahl an, um ihn ihm zu überreichen.

Er tat nichts, um auf die Bemerkung zu reagieren, die ich gerade von mir gegeben hatte. »Behalte diesen Pfahl«, sagte er und drückte ihn mir zurück in die Hand. »Und ich werde dein Zimmer mit zwei weiteren ausstatten. Bewahre einen neben deinem Bett, einen im Badezimmer und einen neben der Tür auf.«

Ich wollte gerade meinen Kommentar über die Mädchen wiederholen, als auf der anderen Seite des Feldes eine weibliche Stimme ertönte.

»Derek.«

Derek wirbelte herum und schaute in Richtung des Geräusches. Es war Vivienne mit Lucas an ihrer Seite. Beide bewegten sich eilig auf uns zu, sodass der Abstand zwischen uns sich rasch verringerte.

Sobald ich Lucas Blick auf mir spürte, stand ich instinktiv auf und stellte mich hinter Derek. Er schien mein Unbehagen zu bemerken. Er legte seinen Arm um mich herum, ließ ihn in meinem Kreuz ruhen und zog mich so näher an sich heran. Als ich seinen starken Arm umklammerte, fühlte ich mich beschützter, als jemals vorher in Lucas Gegenwart.

Ich denke, das war der Vorteil daran, Derek nicht zu korrigieren, wenn er mich sein Eigentum nannte. Ihm zu gehören bedeutete zumindest, dass ich in Sicherheit war… zumindest für den Augenblick.

»Was tust du hier?«, fragte Vivienne, und ihre Augen weiteten sich, als sie auf den Pfahl in meiner Hand starrte.

»Ich lehre mein Mädchen, wie es sich verteidigen kann.« Derek erwiderte ruhig die Blicke seiner Geschwister.

Mein Mädchen.

Trotz meines Unwohlseins, wenn er von mir als seinem Besitz sprach, spürte ich ein merkwürdiges Prickeln in meiner Brust, als er diese Worte von sich gab. Dass ein Mann wie Derek Novak mich als so wertvoll ansah… ich hatte immer noch keine Ahnung warum.

»Was?«, entgegneten beide Geschwister zugleich.

»Warum solltest du ihr beibringen zu kämpfen?«, fragte Vivienne. »Sie ist eine Sklavin. Das ergibt keinen Sinn.«

»Ich habe die Absicht, sie sehr lange zu behalten«, antwortete Derek ruhig. »Sie muss wissen, wie sie sich verteidigen kann.«

»Wie kannst du darauf vertrauen, dass sie dieses Können nicht gegen dich einsetzt?«, warf Lucas ihm entgegen.

»Das wird sie nicht. Ich kann ihr vertrauen.« Derek starrte zu mir hinunter. »Oder nicht, Sofia?«

Es war eher eine Feststellung als eine Frage. Ich erwiderte seinen Blick.

Er hatte mir genügend vertraut, um sich mir gegenüber zu entblößen und zu glauben, dass ich den Pfahl nicht direkt in sein Herz hineinstoßen würde, obwohl er mich praktisch dazu aufgefordert hatte.

Wenn er mir im Moment sein Leben anvertraute, vielleicht sollte ich dann auch darauf vertrauen, dass er mir meines lässt.

Ich hielt inne und fragte mich, ob ich die Worte jemals

bereuen würde, die ich im nächsten Augenblick von mir geben sollte.

»Ja, das kannst du.«

Kapitel 22: Sofia

Die Zeit für Dereks Rundgang über die Insel war gekommen. Er brachte mich schnell zusammen mit drei Pfählen zurück in sein Penthouse und setzte mich im Wohnzimmer ab. Vivienne und Lucas, die uns hierher gefolgt waren, sahen immer noch verblüfft aus, dass er mir so sehr vertraute.

»Wir haben vieles zu besprechen«, sagte Vivienne und beäugte mich misstrauisch.

Dereks Blick verweilte für ein paar Sekunden auf mir, bevor er sagte: »Du darfst gehen, Sofia.«

»Um was zu tun?« Ich konnte mir diese Frage nicht verkneifen.

»Tu, was immer du möchtest, aber bleib im Penthouse! Die anderen Mädchen stehen dir zur Verfügung. Sucht euch eine Beschäftigung!«

Ich hob meine Augenbrauen an und war immer noch überrascht, dass er mir vertraute, selbst nachdem ich versucht hatte zu fliehen. Ich wollte gerade den Raum verlassen, als mir ein Gedanke kam.

»Vivienne hat gesagt, dass es immer noch leere Räume gibt, die wir… einrichten können? Dürfte ich einen dieser Räume haben?«

Er schaute mich neugierig an, sah jedoch offensichtlich kein Unheil in meiner Bitte.

»Natürlich. Ich bin mir sicher, dass Vivienne sich darum kümmern wird, oder nicht, Vivienne?«

Nachdem Vivienne mir einen schnellen, verärgerten Blick zugeworfen hatte, nickte sie.

»Selbstverständlich.«

Selbst Lucas und Vivienne gehorchten Dereks Befehlen. Ich fragte mich noch einmal, was alle auf dieser Insel dazu brachte, ihn so sehr zu fürchten und zu ehren.

Ich verabschiedete mich, begierig darauf, von meinen Entführern wegzukommen und nachzuschauen, wie es Gwen erging. Ich suchte mir meinen Weg durch die Gänge, bis ich mein Zimmer erreichte. Ich klopfte zweimal.

Ich hörte ein raschelndes Geräusch, und dann rief eine

schwache Stimme: »Wer ist da?«

»Sofia.«

Die Tür wurde umgehend geöffnet. Dort stand Gwen mit einem Buch in einer Hand — *Sara, die kleine Prinzessin*, wie ich sehen konnte — während sie die andere um meinen Hals herumschlang. Sie küsste mich auf die Wange.

»Ich bin so froh, dass du zurück bist«, sagte sie atemlos. »Geht es dir gut? Was ist geschehen?«

»Es ist alles in Ordnung. Er… er hat mir beigebracht, wie man einen Pfahl benutzt.«

Gwen runzelte die Stirn, als ich begann, Pfähle in unserem Quartier zu verteilen — einen im Badezimmer, einen neben dem Bett und einen neben der Tür, wie Derek es angeordnet hatte.

»Warum sollte er das tun?«

»Er sagte, es würde ihm leichter fallen, die Behausung zu verlassen, wenn ich wüsste, wie ich mich verteidigen kann… Gwen, ich brauche jetzt eine Dusche.«

Ich fühlte mich nach dem Training, dem Derek mich ausgesetzt hatte, sehr verschwitzt. Ich griff mir ein sauberes Nachthemd aus dem Schrank, schloss mich im Badezimmer ein und wusch mein Haar. Als ich wieder zurückkam, lag Gwen auf ihrem Bauch auf dem Bett und las ihr Buch.

Ich wickelte mein nasses Haar mit meinem Handtuch zu einem Turban und sagte: »Ich denke, wir sollten versuchen, die anderen Mädchen zu finden. Ich möchte sehen, wie es ihnen geht.«

Gwens Gesicht strahlte. »Das möchte ich auch.«

»Weißt du, wo sie gehalten werden?«

»Ja. Einige Zimmer neben dem, in dem ich eingeschlossen war.«

Wir verließen unseren Raum. Gwen nahm meine Hand und führte mich den Flur entlang vorbei an der geschlossenen Tür zu Dereks Räumlichkeiten, bis wir einen Korridor erreichten, auf dem zwei Wächter auf und ab gingen.

Sie näherten sich uns, sobald sie uns bemerkten, und versperrten uns den Weg. Gwen klammerte sich an meinen Arm und versteckte sich hinter mir.

»Ich habe die Erlaubnis des Prinzen, in seiner Behausung zu tun, was immer ich möchte«, sagte ich selbstbewusst.

Sie tauschten Blicke aus. Einer nickte dem anderen zu, und der Wächter machte sich auf den Weg zu Derek — oder zumindest nahm ich das an. Ich konnte nichts anderes tun als zu warten. Ich beäugte den Wächter, der dort mit uns zurückgeblieben war.

»Darf ich dir eine Frage stellen?«

Er sah überrascht aus, dass ich überhaupt mit ihm sprach. »Nur zu.«

»Wer genau ist Derek Novak?«

»Man sollte meinen, nachdem du das Unmögliche geschafft und so schnell seine Gunst gewonnen hast, wüsstest du mehr als jeder andere über ihn. Du musst ihn in höchstem Maße zufriedengestellt haben, wenn er bereit war, einen Wächter für dich zu töten.«

Ich starrte ihn an. »Was meinst du damit, ihn *zufriedengestellt* haben?«

»Was sonst hättest du tun können, seitdem du hier angekommen bist?«

Ich konnte spüren, wie mir die Hitze in die Wangen stieg. Ich schüttelte meinen Kopf. Hier stand ich nun, eine Jungfrau, über die das Gerücht umherging, sie hätte dem frisch erwachten Prinzen eine angenehme Nacht im Bett beschert.

»Du meinst, du hast nicht…«

»Nein!«

Der Wächter lächelte. Er schaute mich immer noch an, als würde er mir nicht glauben, doch ich war erleichtert, als er vom Thema abließ. »Ich heiße Samuel.«

Der blonde Mann mit dem schlanken Körperbau und den kurzen Bartstoppeln war nur wenige Zentimeter größer als ich, und ich vermutete, dass er in seinen Zwanzigern gewesen sein musste, als er verwandelt wurde.

»Sofia«, antwortete ich.

»Als wenn ich das nicht wüsste.« Er zwinkerte mir zu.

»Der Prinz ist bei Frauen sehr wählerisch. Die Tatsache, dass er dir seine Aufmerksamkeit widmet, macht dich hier fast zu einer Berühmtheit.«

Ich war mir nicht sicher, wie ich darauf reagieren sollte. Ich war daran gewöhnt, unsichtbar zu sein.

»Um endlich deine Frage zu beantworten«, fuhr er fort, »du bist das Eigentum einer Legende. Derek Novak hat das Schattenreich erschaffen. Viele Vampire überlebten die Jäger nur aufgrund seiner Herrschaft. Er fand diese Insel, baute die Rote Festung und konnte Cora, die mächtigste Hexe ihrer Zeit, auf unsere Seite ziehen. Er ist höchstwahrscheinlich der einflussreichste Vampir auf dem Planeten.«

So viele Dinge an dieser kurzen Erklärung brachten meinen Kopf dazu, sich zu drehen. Doch vor allem verblüffte mich Derek. Ich hatte gewusst, dass er für die Insel wichtig war, doch ich hatte nicht diese ganze Hintergrundgeschichte erwartet. »Wow.«

»Wow ist das richtige Wort.« Samuel nickte.

Ich wollte gerade fragen, was genau er mit »Jäger« meinte und mich noch weiter über diese »Hexe« informieren, doch bevor ich das tun konnte, kehrte der zweite Wächter zurück. Er zuckte mit den Schultern. »Der Prinz weist uns an, dass wir tun sollen, was immer sie sagt, solange die Mädchen nicht das Penthouse verlassen.«

Samuel grinste mich an. »Es sieht so aus, als hätten wir

eine neue Prinzessin.«

»Sam«, sagte der andere Wächter, »ich glaube nicht, dass es deiner Gesundheit zugutekommt, wenn du dich mit der Muse des Prinzen anfreundest.«

»Entspann dich, Kyle! Sie ist in Ordnung.«

Gwens griff an meinem Arm hatte sich inzwischen gelockert. Ich warf den Männern einen merkwürdigen Blick zu. Ich hatte das komische Gefühl, dass ich diese beiden mögen würde.

Sie führten uns weiter den Flur hinunter und hielten vor einer Tür an. Sam öffnete sie, um uns zu den anderen Mädchen zu lassen. Gwen und ich betraten den Raum, ohne genau zu wissen, was wir zu erwarten hatten. Drei Augenpaare fielen auf uns, als wir hineingingen. Erleichterung breitete sich auf ihren bleichen Gesichtern aus, als sie Gwen und mich erkannten. Obwohl wir immer noch Fremde für einander waren, warfen alle drei Mädchen ihre Arme um uns herum.

»Geht es euch gut?«

»Was hat er mit euch gemacht?«

»Er hat euch doch nicht… gezwungen, oder doch?«

»Wisst ihr, was sie mit uns vorhaben?«

»Werden wir jemals wieder nach Hause gehen dürfen?«

»Habt ihr gesehen, wie es draußen aussieht? Gibt es irgendeinen Fluchtweg?«

Uns wurde eine Frage nach der anderen gestellt, bevor wir überhaupt eine einzige Antwort geben konnten. Ich versuchte, sie zu beruhigen, sodass ich sprechen konnte.

»Es geht uns gut. Er hat uns weder gezwungen, noch hat er uns wehgetan, und er hat auch nicht von uns getrunken. Und ich… ich glaube auch nicht, dass er das tun wird. Ich habe das Gefühl, solange wir uns auf dieser Insel aufhalten, besteht unsere größte Überlebenschance darin, dafür zu sorgen, dass Derek Novak uns wohlgesonnen ist.«

Kapitel 23: Derek

Nachdem ich Kyle die Erlaubnis gegeben hatte, Sofias Befehl zu gehorchen, verließ ich mit meinen Geschwistern das Penthouse. Wir machten uns zuerst auf den Weg zur Roten Festung. Vivienne war begierig darauf, mir zu zeigen, wie sie während der letzten Jahrhunderte verstärkt worden war. Was früher lediglich eine Mauer gewesen war, die die Insel umgab, stellte nun das Zuhause für über dreihundert Vampir-Wächter und -Späher dar, die im Schattenreich nach Schutz gesucht und geschworen hatten, es zu verteidigen.

An verschiedenen strategischen Orten um die Festung herum säumten Steinhäuser mit spitzen Türmen die Mauer. Mir wurde erklärt, dass etliche Männer und Frauen, die den

Höhergestellten angehörten, für den Kampfeinsatz trainierten und Ritter genannt wurden. Diese Häuser standen ihnen während den Zeiten zur Verfügung, in denen sie ihre Pflicht auf der Mauer erfüllen mussten.

Die Höhergestellten waren die zwanzig ursprünglichen Sippen, die unserer Familie den Gehorsam geschworen hatten. Sie hatten mit uns gekämpft und geblutet und waren von den Jägern verfolgt worden, bis wir schließlich Schutz im Schattenreich gefunden hatten. Alle anderen — Wächter, Späher und Bürger — waren erst gekommen, nachdem die Mauer gebaut worden war und Coras Zauber dauerhaften Schutz für das Schattenreich bot.

»Wo leben die Menschen?«

»Abgesehen von den Schönheiten, die wir zum Vergnügen in unseren Häusern halten, leben alle Menschen in den Schwarzen Höhen.« Lucas hatte schon immer eine Vorliebe für junge Frauen gehabt.

»In den Bergen?«, fragte ich.

»Wir haben das Höhlennetzwerk, das wir dort vorgefunden haben, in Zellen und Sklavenquartiere aufgeteilt. Häftlinge und neu gefundene menschliche Gefangene — bevor sie zugeteilt werden — werden in die Zellen geschickt. Die Menschen leben in den Sklavenquartieren, die sie die Katakomben nennen«, erklärte Vivienne.

»Die Katakomben?«

»Ich sehe, dass die Ironie an dir verlorengeht.« Lucas rollte mit den Augen. »Im Schattenreich sind es die Lebenden, die in den Katakomben hausen.«

Ich beäugte die Höhe der Mauer, die uns beschützte. »Alles scheint in Ordnung zu sein. Ich verstehe nicht, warum es nötig war, dass ich aus meinem Schlaf erwachen musste.«

»Die Jäger sind mächtiger als je zuvor«, sagte Vivienne. »Sie sind technologisch fortgeschritten und genießen die Unterstützung von wohlhabenden und einflussreichen Menschen. Das Schattenreich ist nicht länger ein Geheimnis innerhalb der Vampirgesellschaft, und andere Zirkel haben damit gedroht, uns anzugreifen oder uns zu enttarnen, wenn wir sie nicht aufnehmen.«

Ich verzog das Gesicht. Dies waren die gleichen Zirkel, die uns gemieden und uns dem Tod überlassen hatten, als wir ihre Hilfe gegen die Jäger gebraucht hätten. Und nun drohten sie damit, unser Blut zu vergießen, wenn wir ihnen nicht halfen?

»Was haben wir dagegen unternommen?«

»Vater trifft sich mit den Anführern der anderen Zirkel. Das Letzte, was wir gehört haben, ist, dass alle Zirkel ihren Anführer oder zumindest einen Gesandten hierher schicken werden, sodass wir einen Kompromiss finden können.«

»Und ich musste für diese Unterhaltungen aufgeweckt

werden, weil…?«

»Das habe ich mich auch gefragt«, murmelte Lucas.

Ich warf ihm einen genervten Blick zu und fragte mich, wie es möglich war, dass er sich nach all dieser Zeit nicht im Geringsten weiterentwickelt hatte. In seiner Vorstellung standen wir offensichtlich immer noch im Wettbewerb… worum, wusste ich nicht.

»Du flößt all den anderen Zirkel auf eine Weise Respekt ein, wie niemand von uns es könnte. Sie wissen, was du getan hast. Auf dich werden sie hören«, sagte Vivienne. »Doch das ist nicht alles. Ich glaube wirklich nicht, dass wir das Schattenreich noch sehr viel länger vor den Jägern geheim halten können. Nicht einmal, wenn Corrine Coras Zauber aufrechterhält. Die Jäger fragen sich, wo all diese Vampire sich verstecken. Und da wir die Menschen brauchen und sie entführen müssen, nur um am Leben bleiben zu können… dieses Problem wird sich nicht einfach in Luft auflösen. Untersuchungen in Bezug auf all diese vermissten Personen werden von Sicherheitsagenturen durchgeführt. Wir können diesen Zustand nicht mehr lange beibehalten.«

Ich ballte meine Hände zu Fäusten. »Wie kommst du darauf, dass ich wissen könnte, wie dieses Problem zu lösen ist, Vivienne? Ich habe meinen Teil getan. Ich habe euch eine Zuflucht geschaffen, genau wie deine Prophezeiung es vorhergesagt hat. Warum kann sich nicht jemand anderes darum kümmern? Warum nicht Vater?«

»Die Prophezeiung besagt, dass nur deine Herrschaft allein unserer Art wahren Frieden bringen kann. Das Schattenreich hat einer begrenzte Zahl unserer Gattung Unterschlupf gewährt, doch es stellt immer noch keine wahre Zufluchtsstätte dar, bis wir entweder einen Weg finden, ohne Menschen überleben zu können, oder…«

»Oder was?« Ich warf meiner Schwester einen strengen Blick zu.

»Wir müssen die Jäger ein für alle Mal erledigen.«

Ich schnaubte. »Du sprichst von Krieg und Blutvergießen, wie wir es uns im Traum nicht vorstellen können. Wie lange ist es schon her, seitdem die Wächter des Schattenreiches in einen tatsächlichen Kampf verwickelt waren?«

Diese Frage wurde von meiner Schwester mit Stille beantwortet.

Wir setzten unseren Weg über die Insel fort und ließen die Angelegenheit für den Augenblick ungelöst. Für den Rest der Zeit, die ich mit den anderen verbrachte, lastete sie schwer auf meinen Schultern. Ich verstand nicht, warum ich der Anführer sein musste. Ich war jünger als so viele der anderen Männer hier.

Ich war bereit, nach Hause zu gehen und mich in die Einsamkeit zurückzuziehen, da ich mich nicht in der

Gegenwart der menschlichen Sklaven aufhalten wollte. Nicht einmal Sofia. Sie war zu menschlich — eine Erinnerung an das, was ich gewesen war, bevor ich verwandelt worden war.

Ich war bereits begierig darauf, zurück zu meinem Quartier zu gehen, als Vivienne mich mit sich zog. Sie führte mich durch die Gänge, bis wir vor einem Zimmer ankamen. Sie öffnete die Tür und offenbarte mir eine bewusstlose Frau, die in der Mitte des Bettes lag. »Sie war früher eine Jägerin — eine der jüngeren und schwächeren. Sie wurde von einem der Bürger hierhergebracht, als eine Art Bezahlung für die Erlaubnis, dass er und seine Schwester hier im Schattenreich Unterschlupf finden können.«

»Warum erzählst du mir das?«, fragte ich, unfähig zu leugnen, dass die Frau sehr attraktiv war, die vor mir auf dem Bett ausgestreckt lag.

»Ich dachte, vielleicht bist du es leid, Blut aus einem Glas zu trinken, und würdest dich über eine frische Mahlzeit freuen.« Vivienne lächelte und sah sehr zufrieden mit sich aus.

Sie wusste, dass die Tatsache, dass dies eine Jägerin war, die Aussicht sehr viel schmackhafter machte. Ich leckte mir die Lippen und trat einen Schritt nach vorn. Vivienne sah das als Zustimmung an und verließ das Zimmer.

»Lass es dir schmecken«, sagte sie, bevor sie die Tür schloss.

Es gab kein Zögern auf meiner Seite. Die Dunkelheit in mir übernahm die Führung. Ich trat neben die Frau, zog sie an mich heran und ließ meine Zähne in ihrem Hals versinken. Der Geschmack von heißem Blut, das von einem lebenden Herzen durch ihre Adern gepumpt wurde, war belebend. Ich trank und war entschlossen, auch noch den letzten Tropfen Blut aus ihr herauszusaugen. All diese Jahre über hatte ich es gehasst, ein Vampir zu sein, doch es war nun einmal das, was ich war, und es gab kein Entrinnen.

Gerade als ich den letzten Schluck zu mir nahm, das bisschen, das ihr Herz zum Stillstand bringen würde, überkam mich ein Moment der Klarheit. Aus Gründen, die ich nicht verstehen konnte — und ich war mir nicht einmal sicher, ob ich es verstehen wollte — fühlte es sich die ganze Zeit über, in der ich diese wunderschöne Fremde in meinen Armen gehalten und mich an ihr gelabt hatte, so an, als würde ich Sofia betrügen.

Kapitel 24: Sofia

Die Mädchen — Gwen, Ashley, Paige und Rosa — und ich hielten uns in der Küche auf, um das Abendbrot zuzubereiten. Eigentlich verbrachten wir einen ganz vergnügten Abend. Ich hatte ihnen bereits erzählt, dass es keine Fluchtmöglichkeit gab, zumindest nicht, solange wir keinen festen Plan hatten, also taten wir das, was Derek vorgeschlagen hatte — wir hatten Spaß. Wir schauten uns einen Film an, lasen Bücher und machten Pläne für das zusätzliche Zimmer, das Derek mir zugesprochen hatte. Selbst den Wächtern, Sam und Kyle, schien unserer Gesellschaft zu gefallen.

Als Derek ins Penthouse hineinplatzte und meinen

Namen rief, hatte ich keine Ahnung, was ich falsch gemacht hatte. Ich fühlte nichts weiter als Angst, als ich mich ihm näherte.

Er stand mit angespannten Muskeln in der Mitte des Wohnzimmers, wobei Blut aus seinen Mundwinkeln tropfte und er bedrohlicher aussah, als ich ihn je zuvor gesehen hatte. Sein muskulöser Körperbau bewegte sich mit jedem Atemzug, als er auf mich zuschritt.

»Was ist geschehen?«, fragte ich.

Er ergriff meine Schultern und hob mich vom Boden an. Ich stöhnte innerlich und erwartete, dass mein Rücken wieder einmal gegen eine Wand geschleudert werden würde. Stattdessen wurde ich auf ein Sofa gedrückt, während er vor mir auf und ab ging. Ich ergriff die Seitenlehne des Sofas und bereitete mich auf den Ausbruch vor, den dieser Vampir mir gleich entgegenschleudern würde.

Während ich Derek beobachtete, fragte ich mich, ob alle Vampire so waren wie er. Grüblerisch. Ernsthaft. Unfähig zu lachen. Sam und Kyle schienen sich in so einer heiteren Stimmung befunden zu haben, als sie den Nachmittag mit uns Mädchen verbracht hatten. Ich fragte mich, wie sie so entspannt sein konnten, während die Novaks so verklemmt waren.

Derek hörte auf, hin und her zu wandern, und stellte sich direkt vor mich hin. Er setzte sich auf die Kante des

Couchtisches und stellte seine Ellbogen auf seinen Knien ab, wobei er seine Hände aneinander presste und seinen Blick nach unten richtete.

»Was du in der Nacht von dir gegeben hast… in der Heiligen Stätte, als du mich das erste Mal gesehen hast… warum hast du das gesagt?«

Ich hatte Schwierigkeiten, mich daran zu erinnern, was ich ihm erzählt hatte. Seine Gegenwart war so überwältigend, so verzehrend, es fühlte sich an, als würde er das gesamte Zimmer ausfüllen.

»Ich erinnere mich nicht.«

»Ich wollte gerade von dir trinken«, sagte er ungeduldig. »Ich sagte zu dir, dass ich mich nicht beherrschen könnte. Du sagtest…«

»…dass ich eine Ausrede erkenne, wenn ich eine höre, und du solltest dir nicht einreden, ein Opfer zu sein.«

»Bin ich ein Opfer?«

Ich starrte ihn für einige Sekunden an und fragte mich, ob ihm klar war, wie verrückt diese Frage klang. Er war nicht derjenige, der gefangen genommen und eingesperrt worden war — in einem zugegebenermaßen atemberaubenden Penthouse, doch trotzdem eingesperrt. Er war der Herr der Vampire — gefürchtet, verehrt und bewundert. Wie in aller Welt könnte er ein Opfer sein?

Ich musterte ihn und fragte mich, was ihm im Kopf

herumging.

»Du hast von jemandem getrunken.«

Er ballte erneut die Fäuste.

»Sie war nicht sehr viel älter als du. Achtzehn oder neunzehn. Sie war eine Jägerin. Sie war der Feind. Ich fand Gefallen daran, jeden Tropfen Blut aus ihr herauszusaugen.« Er hob seine blauen Augen an, um damit in meine zu schauen, und ein klitzekleines zynisches Grinsen formte sich auf seinen Lippen. »Ich habe sie auf die gleiche Art genossen, wie ich dich genossen hätte.«

Mir zog sich der Magen zusammen. »Warum erzählst du mir das?«

Seine attraktiven Gesichtszüge verzogen sich voller Schmerz. »Weil ich es nicht genießen möchte. Eigentlich fehlt es mir, das Opfer zu sein, aber in der Nacht... hast du mich als jemanden angesehen, der die Rolle eines Opfers spielt. Warum?«

Ich dachte darüber nach. *Warum hatte ich das gesagt?* Trotz der beeindruckenden Gegenwart dieses Vampirs konnte ich nicht anders als zu lächeln, als mir die Erinnerung an den zwölfjährigen Ben durch den Kopf ging.

Ich wagte es, meine Hand auf seine zu legen, bevor ich antwortete.

»Weil... ich denke, ich glaube nicht, dass du ein Sklave dessen bist, was aus dir geworden ist. Ich glaube nicht, dass du dich nicht kontrollieren kannst.«

Er schaute mich mit so einer Eindringlichkeit an, dass ich begann, mich zu fragen, ob ich etwas Falsches gesagt hätte. Mir stockte der Atem, als er eine kalte Hand anhob und sie an meiner Wange entlanggleiten ließ. Zuerst war ich mir nicht sicher, was er tat, doch dann strich er mir eine verirrte Haarsträhne hinter mein Ohr und ließ seinen Arm wieder absinken.

»Du bist ein Wunder.«

Ich runzelte die Stirn. Mir waren in meinem Leben schon viele Bezeichnungen gegeben worden. Wunder war jedoch ganz bestimmt noch nie eine von ihnen gewesen.

»Nicht verglichen mit dir«, war alles, was ich darauf erwidern konnte.

»Was meinst du damit?«

»Die Wächter haben uns erzählt, dass du eine Legende bist, der Retter der Vampire… Es klang alles ziemlich beeindruckend.«

Er schaute weg, als hätten ihn meine Worte durcheinandergebracht. »Retter der Vampire«, höhnte er. »Ich sollte eigentlich über unsere Art herrschen. Es wird gesagt, dass meine Herrschaft den Vampiren wahren Frieden bringen wird. Ich bin mir nicht einmal sicher, ob wir es überhaupt verdienen, gerettet zu werden. Nach allem, was wir getan haben… nach allem, was wir immer noch tun…«

Er sprang auf. »Schau, was wir dir antun!«

Ich wusste nicht, was ich darauf antworten sollte. Ich vermisste Ben so sehr. Seit meiner Ankunft hatte es keinen wachen Augenblick gegeben, in dem ich nicht in meinem Unterbewusstsein an ihn dachte, in dem ich mich nicht gefragt hätte, wie er mit meinem Verschwinden zurechtkam. Ich fragte mich, wie viele der Menschen, die sie hierhergebracht hatten, von ihren Geliebten getrennt worden waren.

»Wie… wie bist du so geworden?«, fragte ich.

Seine Augen verdunkelten sich. Ich war mir nicht sicher, ob er antworten würde. Doch dann setzte er sich wieder neben mich und räusperte sich.

»Mein Vater war ein Bauer«, sagte er, »bevor wir zu *hierzu* wurden. Wir bauten Getreide und Gemüse an. Wir führten ein bescheidenes Leben, aber wir waren glücklich.« Er hielt inne und schluckte schwer. »Eines Abends gingen mein Vater und Lucas in die Stadt, um unsere Waren zu verkaufen. Vivienne und ich suchten nach Holz. Als wir zurückkehrten, war meine Mutter tot, vollkommen blutleer und ausgetrocknet. Vivienne schwor, es war ein wildes Tier. Ich wurde verspottet, doch ich wusste, es war ein Vampir gewesen. Ich war zu dem Zeitpunkt erst dreizehn, doch ich war mir so sicher, dass ein Vampir meine Mutter ermordet hatte, dass ich einen Weg fand, mich den Jägern anzuschließen.«

»Was genau sind Jäger?« Ich konnte nicht anders, ich musste ihn einfach unterbrechen.

»Menschen, die von unserer Existenz wissen und es sich zum Ziel gesetzt haben, uns auszurotten. Sie bestehen größtenteils aus trauernden Familienmitgliedern. Fünf Jahre lang war ich selbst einer.«

Meine Augen weiteten sich.

»Ich habe viele, viele Vampire getötet.« Ein bitteres Lächeln formte sich auf seinen Lippen. »Stell dir also meine Überraschung vor, als mein Vater an meinem achtzehnten Geburtstag als ein Vampir nach Hause kam! Ich hätte ihn töten sollen. Aber ich konnte es nicht. Er war mein Vater. In der Nacht verwandelte er Lucas, Vivienne und mich. Ich wurde zu genau der Kreatur, die ich gejagt hatte. Der Kreatur, die ich hasste.«

Ich runzelte die Stirn. »Wenn du Vampire so sehr hasst, warum kämpfst du dann dafür, sie zu retten? Warum hast du das Schattenreich gegründet?«

Er warf mir einen kurzen Blick zu. »Es ging niemals darum, Vampire zu retten, Sofia. In den hundert Jahren, nachdem ich verwandelt worden war, ging es einzig und allein darum, meine Familie zu retten. Zufälligerweise war das nicht möglich, ohne auch die anderen zu retten, die uns dabei halfen zu überleben. Ich hätte niemals gedacht, dass das Schattenreich zu dem werden würde, was es heute ist.«

Ich konnte mir in meinen kühnsten Träumen nicht vorstellen, wie diese Jahre für ihn gewesen sein mussten und wie zerrissen er sich gefühlt haben musste, doch wenn er meine Anerkennung dafür suchte, dass er ein Opfer seiner eigenen Existenz war, hatte ich nicht vor, ihm diesen Gefallen zu tun. Er war zu stark, zu mächtig und zu einflussreich, um das Opfer zu spielen.

»Es tut mir leid, was du durchmachen musstest, und ich… ich denke, ich fühle mich geehrt, dass du mir von diesen Dingen erzählt hast, doch du bist stark, und du bist ein Anführer — ob es dir nun gefällt oder nicht. Du scheinst hier der Einzige zu sein, der die Macht hat, die Dinge zum Besseren zu verändern.«

Er blickte mich finster an und schüttelte seinen Kopf. Dann breitete sich zwischen uns eine Stille aus.

Ich war mir nicht sicher, was er als nächstes von mir hören wollte, wenn überhaupt etwas.

Ich bemerkte, wie die vier Mädchen uns durch den Türrahmen hindurch schüchterne Blicke zuwarfen. Sie alle hatten einen ängstlichen Gesichtsausdruck, als sie uns beäugten. Sie mussten gedacht haben, dass er jetzt doch über mich herfallen würde, als sie gehört hatten, wie er das Baumhaus betreten und meinen Namen gerufen hatte.

Ich schaute zurück zu Derek, der seinen Kopf mit einer

Hand abstützte, während er sich die Schläfen rieb. Seine Mundwinkel wiesen immer noch eine Spur von Blut auf.

Die Stimmung war so angespannt — mit den Mädchen, die an der Tür standen und nur darauf warteten, dass er mich jeden Augenblick ansprang, und Derek, aus dem nach wie vor eine große Intensität herausströmte.

In der Hoffnung, etwas von der Spannung abbauen zu können, griff ich nach einem Taschentuch und stand auf. Vorsichtig legte ich eine Hand auf seine breite Schulter. Er schaute zu mir hoch, nahm das Taschentuch und wischte sich den Mund ab. Ihm entging eine kleine Stelle, also zog ich ein weiteres Taschentuch hervor. In seinen Augen war Überraschung zu sehen, als ich ihm damit die Lippen abtupfte.

Ich wandte meinen Blick von ihm ab und schaute mich im Zimmer um. Meine Aufmerksamkeit wurde von dem Flachbildfernseher erregt. Mit Ausnahme des Handys hatte ich noch nicht gesehen, dass Derek irgendeine der Technologien in dem Baumhaus benutzt hatte. Ich fragte mich, ob er überhaupt wusste, was ein Fernseher war.

Ich nahm die Fernbedienung in die Hand, stellte ihn an, und schaute zurück auf sein Gesicht, um seine Reaktion zu beobachten. Ich konnte mir ein Lächeln nicht verkneifen, als seine Augen voller Faszination glitzerten.

»Was ist das?«, fragte er, stand auf und ging auf den

Fernseher zu.

»Ein magischer Spiegel«, neckte ich ihn, bevor ich ihm nach meinem besten Wissen erklärte, was ein Fernseher war. Ich brachte ihm bei, wie er die Fernbedienung zu benutzen hatte, und schon bald bediente er den Fernseher ganz allein. Ich ging hinüber zu einem Schrank in der Ecke des Zimmers, der eine recht große Filmsammlung enthielt. Die Mädchen und ich hatten sie früher an dem Abend entdeckt.

»Derek«, sagte ich.

Er riss seinen Blick von dem Fernseher weg, um mich anzuschauen. Ich winkte ihn hinüber und zeigte auf die Regale mit den DVDs. Willkürlich nahm ich eine in die Hand — vergnügt zu sehen, dass es sich um *Die Nacht der lebenden Toten* handelte — und überreichte sie ihm.

»Und was ist das?«, fragte er und runzelte die Stirn, als er die Bilder auf der Hülle betrachtete.

»Das ist ein Film. Wenn du ihn in den DVD-Spieler hineinlegst, wird der Fernseher dir bewegliche Bilder zeigen, und du wirst Geräusche hören. Er wird dir eine Geschichte erzählen. Ich vermute, es wird dem Theater deiner Zeit sehr ähnlich sein.«

Er wollte gerade auf den Fernseher zugehen, doch ich ergriff seinen Arm und hielt ihn zurück. »Warte, das ist ein Horrorfilm. Ich denke, du wirst mir zustimmen, dass wir bereits von genügend Horror umgeben sind…«

Ich nahm ihm den Film wieder aus der Hand und legte ihn zurück ins Regal, bevor ich mir den Schrank etwas genauer betrachtete. Es gab einige modernere Filme, doch die meisten waren Klassiker. Ich beschloss, dass ein Klassiker ein guter Anfang für Derek wäre. Doch ich hatte keine Ahnung, was ich wählen sollte. *Einen Thriller? Einen Liebesfilm? Einen Krimi?*

Wie es sich herausstellte, musste ich nicht für ihn auswählen. Er beugte sich hinunter und begann, all die Hüllen zu untersuchen und die Beschreibungen selbst zu lesen. Nach zehn Minuten hatte er sich für zwei Möglichkeiten entschieden. *Chicago* und *Der Pate.* Ich bemerkte, dass beide Filme das darstellten, was er als Person war — ein Musiker und ein Mörder, dessen Loyalität zu seiner Familie über allem anderen stand. Gepeinigt und mit einer Dunkelheit, die bedrohlich über ihm schwebte.

Ich hatte bereits beide Filme gesehen, daher war es mir egal. Am Ende entschied er sich für *Den Paten.* Er ergriff meine Hand und zog mich in Richtung des Fernsehers. Ich beobachtete ihn, als er die DVD falsch herum einlegte. Bevor er das Fach schloss, hielt ich ihn auf.

»So herum«, sagte ich, korrigierte es und drückte auf die kleine Schublade.

Dann standen wir beide auf, und ich beobachtete ihn dabei, wie er die Fernbedienung betätigte, bis der Film auf dem Bildschirm aufflackerte.

Nun, da wir alles vorbereitet hatten, wurde mir die Verrücktheit dieser Situation erst richtig bewusst.

Ich bin gerade dabei, einen Film mit einem Vampir zu schauen… Einem richtigen Vampir. Es fühlte sich immer noch irrsinnig an, an dieses Wort überhaupt zu denken.

Ich hatte jedoch nicht sehr viel Zeit, darüber nachzugrübeln. Derek war begierig darauf zu beginnen — offensichtlich war er sogar so ungeduldig, dass er nicht einmal darauf warten konnte, dass ich auf meinen eigenen zwei Füßen zum Sofa hinüberging. Er hob mich mit seinen Armen auf und trug mich. Er setzte mich zwischen den Kissen ab und machte es sich neben mir gemütlich.

Als er auf der Fernbedienung den Abspielknopf drückte, schaute ich zurück zur Tür. Es war niemand in Sicht. Ich vermutete, die Mädchen hatten sich davon überzeugt, dass die Gefahr vorüber war, und waren davongegangen, um sich ohne mich zu amüsieren und Derek und mich allein zu lassen.

Während des ganzen Films über warf ich dem Vampir neben mir verstohlene Blicke zu. Ein oder zweimal bemerkte er meine Bewegungen und schaute mich ebenfalls an, bevor er sich wieder auf den Bildschirm konzentrierte. In Wahrheit war ich sehr viel mehr daran interessiert, Derek zu beobachten, als den Film zu sehen. Ich konnte es immer noch nicht fassen, dass er aus so einer schon so lange vergangenen Zeit stammte.

Als der Film zu Ende war, griff Derek nach dem zweiten, den er sich ausgesucht hatte.

»Warte!«, sagte ich.

Er schaute mich fragend an.

»Ich habe eine bessere Idee.« Ich stand auf, nahm seine Hand und ging mit ihm durch das Zimmer in Richtung Tür. »Ich glaube, Vivienne hat die Arbeiten an deinem Musikzimmer beendet.« Ich führte ihn den Flur entlang und hielt vor der entsprechenden Tür an. Die Freude in seinen Augen, als er das Zimmer sah, war fast liebenswert — wie ein Junge, dem ein Zimmer mit all seinen Lieblingsspielzeugen gezeigt wurde.

»Sie hat das so schnell geschafft«, sagte er leise, als er eintrat und sich die Musikinstrumente anschaute.

»Deine Schwester liebt dich wirklich.« Ich sagte das mit einer leichten Bitterkeit. Er hatte eine Familie, die ihn vergötterte, während ich nur eine Familie hatte, die mich verlassen und mich in der Obhut einer anderen zurückgelassen hatte.

Er setzte sich vor den schwarzen Flügel und klopfte neben sich auf die Bank. »Setz dich!«

Bei ihm gab es niemals ein Bitten, nur Befehle. Ich rollte mit den Augen, da ich mich immer noch nicht daran gewöhnt hatte, dass mir gesagt wurde, was ich zu tun hatte. Amelia und Lyle Hudson kümmerten sich niemals sehr um das, was ich tat, solange ich mich selbst oder ihre Kinder nicht in Schwierigkeiten brachte. Auch Ben war nicht autoritär. Ich bezweifelte, dass ich mich jemals an diesen Zug von Derek gewöhnen würde, und doch setzte ich mich neben ihn, bevor er eine Melodie spielte, die mir den Atem raubte.

Mitten während seiner Vorstellung wurde mir klar, dass dieses genau die Wirkung war, die Derek Novak auf mich hatte; auf die eine oder andere Weise raubte er mir stets den Atem.

Kapitel 25: Derek

Sie sah so friedlich und unschuldig aus, während sie schlief. Ich konnte mich nicht an eine Frau erinnern, die jemals die gleiche Wirkung auf mich gehabt hätte wie Sofia Claremont. Sie war zierlich und verletzlich, und doch hatte sie auch eine Stärke und Widerstandsfähigkeit an sich. Sie war erst vor kurzem zu einem Teil meines Lebens geworden, und doch hatte ich das Gefühl, ich würde sie schon sehr viel länger kennen.

Ich war dankbar für die Art, auf die sie mir nach meinem stürmischen Ausbruch zugehört und versucht hatte, mich zu beruhigen. Doch zur gleichen Zeit war ich auch frustriert. Im Musikzimmer hatte sie mir zugehört, wie ich meiner

Leidenschaft für Musik erlag. Sie hatte zugehört, bis Erschöpfung und Schlaf ihre Aufmerksamkeit von mir ablenkten. Wie sie dort auf der gepolsterten hölzernen Bank lag, mit ihrem Kleid, das locker auf ihren langen, milchig-weißen Beinen lag und ihrem dunklen, kastanienbraunen Haar, das über die Kante der Bank fiel, und ihren rosafarbenen Lippen, die leicht geöffnet waren, während sie atmete, war sie wunderschön anzusehen. Mein Magen hatte sich zusammengezogen, während ich sie nur anschaute und mich fragte, wie sie es sich gestatten könnte, sich in der Nähe einer Kreatur wie mir so schutzlos zu geben — einer Kreatur, die jeden Augenblick die Kontrolle verlieren und sie zerstören konnte.

Doch irgendwie tief in mir drinnen wusste ich es… ich wusste, dass ich ihr niemals Schaden zufügen könnte, da ich niemals in der Lage sein würde, mir selbst zu vergeben. Vielleicht hatte ich nicht genügend Selbstkontrolle, um mich davon abzuhalten, von anderen zu trinken, doch bei Sofia konnte ich mir das nicht leisten. Sie war zu meiner einzigen Verbindung zur Menschlichkeit geworden, und mir war klar, dass ihr Verderben auch meines wäre.

Ich hob sie vorsichtig an, wobei mir schmerzhaft bewusst war, wie viel von ihrer Haut an ihrem Hals und ihren Schultern vor mir entblößt war. Wie sehr ihr Duft mich verführte. Doch dieses Mal fiel es mir leichter, mich zurückzuhalten. Sie war zu kostbar für mich geworden.

Ich legte sie neben Gwen auf dem runden Bett ab, das mit rosafarbenem Leinen und weißem Fell bedeckt war. Ich hatte ein Lächeln auf meinen Lippen, als ich aus dem Zimmer ging. Mit Sofia fühlte es sich so an, als hätte ich endlich meinen Kompass gefunden. Solange ich sie hatte, hatte ich jemanden, der mich erdete und mir den Weg zeigte.

Für Sofia hatte ich nun einen Grund, wachsam zu bleiben.

Da ich keinerlei Verlangen — oder Bedarf — hatte, mich in Schlaf zu verlieren, kehrte ich ins Wohnzimmer zurück und beschloss, den zweiten »Film« zu sehen, mit dem sie mich bekannt gemacht hatte. Ich war von den Apparaten fasziniert, die die Gesellschaft im Laufe der Jahre entwickelt hatte. Zu meiner Zeit hatte ich nicht einmal geträumt, dass so etwas möglich sein könnte.

Nachdem *Chicago* geendet hatte, nahm ich einen weiteren Film aus dem Schrank heraus. Die Stunden vergingen, während ich mir einen nach dem anderen anschaute und von den Geschichten und Leben, die dort dargestellt wurden, bewegt war. Ich musste mich mehrere Male an das erinnern, was Sofia mir erklärt hatte — es war nicht real, es waren nur Schauspieler, die eine Rolle verkörperten, genauso wie die Theater meiner Zeit.

Als der Morgen kam, war ich begierig, nach Sofia zu

schauen. Als ich an ihre Tür klopfte, erwartete ich nicht, von Stille begrüßt zu werden. Ich klopfte erneut. Nichts. Mir wurde das Herz schwer, weil ich vom Schlimmsten ausging. Ich war mir sicher, dass sie trotz meiner Warnung noch einmal versucht hatte zu fliehen.

Ich öffnete die Tür und schaute mich im Zimmer um. Ich bemerkte den Geruch von Blut und war erstaunt zu merken, dass mein erster Instinkt nicht aus Hunger bestand, sondern stattdessen aus einem überwältigenden Verlangen, mich davon zu überzeugen, dass es Sofia gut ging.

Eine merkwürdige Mischung aus Beunruhigung, Sorge und beschützerischem Verhalten überkam mich, als ich sie sah. Sie saß in einer Ecke des Zimmers und zitterte, wobei sie ihre Beine fest gegen ihren Oberkörper presste. Ihre grünen Augen strahlten große Angst aus.

Ich wusste, dass etwas nicht stimmte, doch ich konnte mir beim besten Willen nicht vorstellen, was so eine Reaktion hätte hervorrufen können.

»Sofia?« Ich kniete mich vor sie und versuchte, ihr das Haar aus dem Gesicht zu streifen. Sie zuckte bei meiner Berührung zusammen — ein starker Gegensatz zu dem vorhergehenden Abend, als sie sowohl auf dem Sofa als auch auf der Klavierbank so dicht neben mir gesessen hatte.

Übelkeit breitete sich in meinem Magen aus, während mir eine Möglichkeit nach der anderen durch den Kopf raste.

»Was ist passiert, Sofia?«

Ihre Lippen zitterten so heftig, dass ich mir sicher war, kein Wort verstehen zu können, selbst wenn sie meine Frage beantwortet hätte. In dem Moment bemerkte ich etwas, das sie in ihrer Faust umklammert hielt. Ich ignorierte ihr Zurückschrecken und öffnete ihre Finger.

Es war eine Locke blonden Haares.

Ich ließ meinen Blick noch einmal in dem geräumigen Zimmer umherschweifen. Bis auf Sofia war es leer.

Mein Kiefer verkrampfte sich, als ich begann zu erraten, was hier geschehen war. Ich ging auf Sofias Badezimmer zu. Die Tür war nur angelehnt. Ich drückte sie auf.

Ein Zorn, den ich seit Jahrhunderten nicht verspürt hatte, begann, mich zu durchströmen. In der Badewanne lag Gwens lebloser Körper in blutdurchtränktem Wasser. An ihren Handgelenken befanden sich Bissspuren. Jemand hatte sie vollkommen ausgesaugt.

Es war eine beabsichtigte Kränkung meiner Person und eine Drohung Sofia gegenüber.

Ich rief nach einem Wächter. Nur einige Augenblicke später eilte Kyle herbei und schnappte nach Luft, als er Gwen entdeckte.

»Es ist deine Aufgabe, in meinem Haus Wache zu halten! Wie konnte das geschehen?«, knurrte ich und versuchte, mein Temperament zu zügeln.

»Sir, ich… ich weiß es nicht… Ich…«

Ich bewegte mich schnell und drückte ihn gegen die Wand. Ich schaute in seine Augen und sah dort Aufrichtigkeit. Im Gegensatz zu Jonas hatte er nicht vor, um sein Leben zu betteln. Er wusste, dass er unschuldig war, und ich wusste das ebenfalls.

Ich zog mich zurück und lockerte meinen Griff.

»Wer auch immer das getan hat, stirbt. Finde heraus, wer mich auf diese Weise beleidigt hat!«

Ich ging zurück zu Sofia, ignorierte ihren Widerspruch, hob sie mit meinen Armen hoch und trug sie aus dem Zimmer hinaus. Ich wusste nicht, wo ich sie hinbringen sollte, doch ich konnte sie nicht einfach dort lassen.

Sobald ihr klar geworden war, dass ich meinen Griff um sie herum nicht lockern würde, entspannte sie sich in meinen Armen und vergrub ihr Gesicht an meiner Brust, bevor sie die aufgestauten Emotionen aus sich herausließ. Tränen begannen, an ihrem lieblichen Gesicht hinunterzulaufen, und ich wollte nichts mehr, als dem Wesen das Herz aus der Brust zu reißen, das ihr das angetan hatte.

Und doch gab es eine Wahrheit, die ich vor mir leugnete: Es gab nur eine Kreatur im Schattenreich, die es wagen würde, so etwas Widerwärtiges zu tun.

Mein eigener Bruder Lucas.

Kapitel 26: Sofia

Alles um mich herum war verschwommen. Ich spürte, wie Dereks starke Arme mich anhoben. Ich hörte seine Unterhaltung mit Vivienne, bevor beide beschlossen, mich zu Corrine zu bringen, der Hexe in der Heiligen Stätte. Ich sah die Besorgnis in Dereks Gesicht, während sein betörender Duft mich umgab, als ich mich an ihn schmiegte.

Obwohl mir alles bewusst war, war ich zur gleichen Zeit in einer Erinnerung gefangen und erlebte jede widerwärtige Einzelheit noch einmal.

Ich war von einer bezaubernden Melodie in den Schlaf gewiegt und von einem fürchterlichen Albtraum aufgeweckt worden.

Lucas Hand war über meinen Mund gepresst, und sein ganzes Gewicht ruhte auf mir, sodass mir das Atmen schwerfiel. Ich hatte nicht einmal die Möglichkeit, nach dem Pfahl neben meinem Bett zu greifen. Seine freie Hand suchte sich ihren Weg meinen Oberschenkel hinauf, und als ich zusammenzuckte, lächelte er nur.

»Eines Tages werde ich dich bekommen, Sofia«, flüsterte er mir ins Ohr. »Du wirst mir so ein Vergnügen bereiten… und wenn ich mit dir fertig bin, werde ich von deinem süßen, süßen Blut kosten.«

Seine Hand glitt um meine Taille herum und legte sich unter meinen Rücken. Schmerzen, wie ich sie noch nie zuvor gespürt hatte, durchfuhren mich, als seine Klauen hervortraten. Meine Schreie wurden von seiner Handfläche über meinem Mund gedämpft, als er mit seinen Nägeln mein Fleisch durchschnitt. Mein Rücken brannte. Tränen liefen mir über die Wangen.

Sein Mund presste sich gegen meinen Oberkörper, meinen Hals, mein Kinn und meine Wange. Jedes Wort aus seinem Mund klang wie ein Fauchen.

»Doch keine Sorge, mein zerbrechlicher, kleiner Zweig. Für heute Nacht habe ich genug. Ich wollte dich nur vor dem warnen, was dich erwartet. Weißt du, und dich daran erinnern, wer dich gefunden hat… und wem du wirklich gehörst.«

Während er mir noch immer den Mund zuhielt, drückte Lucas sich vom Bett hoch, sodass er über mir kniete und seine Beine rechts und links von meinen Hüften ruhten, als er mit dem Lächeln eines Wahnsinnigen auf seinen Lippen zu mir hinunterschaute.

»Fühl dich mit meinem Bruder nicht zu behaglich, Sofia, denn egal, was du auch glauben magst, du gehörst mir. Und sollte es dir in den Sinn kommen, Derek von unserem kleinen Treffen zu erzählen, sieh dies als eine Warnung an.«

Er holte etwas aus seiner Jackentasche hervor. Es war eine Locke blonden Haares. Voller Angst riss ich die Augen auf. Er begann, die Enden der Haarsträhne über mein Kinn gleiten zu lassen.

»Im Badezimmer wartet ein Geschenk auf dich. Bevor du jedoch um Hilfe schreist, schlage ich vor, du schaust es dir an… es sei denn natürlich, du möchtest noch mehr Geschenke von mir bekommen…«

Damit verließ er den Raum und ließ die Haarsträhne zurück. Zitternd griff ich danach und stand vom Bett auf. Langsam ging ich auf das Badezimmer zu, wobei mir vor dem »Geschenk« grauste, das er für mich hinterlassen hatte.

Als ich die Tür zum Badezimmer öffnete und dort Gwens Leiche vorfand, fühlte mein Hals sich so trocken an, dass ich nicht einmal schreien konnte. Bewegungslos vor Angst zog ich mich in eine Ecke zurück.

Mir wurde klar, egal, wie wunderschön das Schattenreich von außen war, es bestand nur aus einer Maske, um seine Finsternis zu verbergen.

Ich hatte mir etwas vorgemacht, als ich glaubte, ich sei in Sicherheit, denn das war die größte Lüge, die ich mir in meinem ganzen Leben erzählt hatte.

Kapitel 27: Derek

»Sie ist verwundet«, war das Erste, was Corrine sagte, als ich durch die Türen der Heiligen Stätte hindurch stürmte, während Sofia in meinen Armen immer noch zitterte.

Ich fragte mich, wovon die Hexe redete, folgte ihr aber in eine der Kammern des Gebäudes. Ich ging auf das Bett in der Mitte des Raumes zu und legte Sofia dort ab. Mein Magen drehte sich, als ich sah, wie blutig eine meiner Hände war. Ihr Blut. Mein Verlangen nach ihr hätte mich überwältigen müssen — es war meine Natur, von ihr kosten zu wollen — doch mein Wunsch, mich ihr gegenüber richtig zu verhalten, bezwang jede andere Begierde.

»Was ist ihr zugestoßen?«, fragte Corrine.

Ich ignorierte die Hexe und drehte Sofias bewegungslosen Körper um, sodass sie mit dem Gesicht nach unten auf dem Bett lag. Sie versuchte nicht, mich aufzuhalten, als ich den Rücken ihres Kleides aufriss. Auf ihrem gesamten Rücken waren die Spuren von Klauen zu erkennen, die sich tief in ihr Fleisch gebohrt hatten. Ich fragte mich, wie jemand so Verletzliches wie sie solche Wunden ertragen konnte, ohne das Bewusstsein zu verlieren.

»Wer hat dir das angetan, Sofia? Wer hat Gwen getötet?«

Sofia vergrub ihr Gesicht einfach nur im Kissen. Ich zog den Dolch aus meinem Ärmel, und ohne einen Augenblick zu zögern schnitt ich mir tief in die Handfläche hinein. Ich ergriff Sofias Arm und brachte sie in eine sitzende Position. Voller Qualen schnappte sie nach Luft.

»Derek…«, sagte Vivienne hinter mir, »sie hat schon genug Schmerzen.«

Mir war es nicht einmal bewusst gewesen, dass meine Schwester uns den ganzen Weg hierher gefolgt war.

»Uns läuft die Zeit davon«, erwiderte ich. »Sie muss so schnell wie möglich heilen. Wir wissen nicht, wie viel Blut sie bereits verloren hat.«

Innerlich schalt ich mich dafür, dass ich ihre Wunden nicht schon in ihrem Schlafzimmer bemerkt hatte. Ich drückte meine Handfläche auf Sofias Mund und hielt sie mit der anderen am Nacken fest.

»Trink!«, befahl ich.

Ich war erleichtert, dass sie nicht widersprach, sondern ein Einsehen hatte. Vielleicht wollte sie einfach nur, dass der Schmerz aufhörte, und wusste, dass mein Blut in ihrem Körper den Heilungsprozess beschleunigen würde. Mir war es egal. Solange ich spürte, wie ihr Mund das Blut auf meiner Handfläche aufsaugte, war ich zufrieden. Es trug zwar wenig dazu bei, den Zorn zu besänftigen, den ich in mir spürte, doch es bewirkte, dass die Sorge nachließ, die ich für ihre Situation empfunden hatte.

Erleichterung überkam mich, als die Schnitte an ihrem Rücken begannen zu verheilen. Sie musste es ebenfalls gespürt haben, denn sie hörte auf, von meiner Handfläche zu trinken. Ich war so bestürzt über das, was ihr zugestoßen war, dass ich nicht wollte, dass sie mit dem Trinken aufhörte, als könnte mein Blut alles wieder gutmachen. Der Schnitt an meiner Handfläche schloss sich jedoch, und sie wischte sich mit ihrem Arm das Blut aus ihrem Gesicht. Ich wollte sehen, wie das Licht in ihren Augen wieder zum Leben erweckt wurde, und suchte nach irgendeinem Hinweis, dass das Feuer in ihr nicht erloschen war, doch ihr ausdrucksloses Starren sagte mir etwas anderes, als sie ihren Kopf zurück auf das Kissen legte.

»Was habt Ihr ihr angetan?« Corrine beäugte mich misstrauisch und zeigte mir deutlich, dass sie mir nicht so sehr vertraute, wie ihre Vorfahrin Cora es getan hatte.

»Ich habe ihr gar nichts angetan. Ich habe sie so vorgefunden, als ich heute Morgen nach ihr sehen wollte.«

»Eines der anderen Mädchen seines Harems wurde ermordet aufgefunden — ausgesaugt — in ihrem Badezimmer«, fügte Vivienne hinzu.

Corrine fuhr damit fort, mich prüfend anzusehen. »Und Ihr habt das nicht getan?«

Ich warf ihr einen finsteren Blick zu. »Hast du mich das erste Mal nicht verstanden, Hexe?«

»Könnt Ihr mir meine Fragen vorwerfen? Als Ihr aufwacht seid, habt Ihr sie nur eines kurzen Blickes gewürdigt, bevor Ihr sie gegen die Säule geworfen habt, bereit, sie zu verschlingen. Wer weiß, was für kranke Ideen in Eurem Kopf herumschwirren…«

»Corrine, er hat es nicht getan.« Vivienne mischte sich ein, da sie genau wusste, dass ich sonst möglicherweise nicht in der Lage sein würde, mich davon abzuhalten, die Hexe aufgrund ihrer Unverfrorenheit zu verletzen.

»Nun denn, und wer war es?« Corrine hob eine Augenbraue an. »Ihr Kreaturen macht mich krank.«

Ich war mir gar nicht so sicher, ob sie Unrecht hatte, doch die Scheinheiligkeit der Hexe ging mir auf die Nerven. »Wenn du uns so sehr hasst, warum dienst du uns dann? Warum beschützt du uns?«

»Eure Art hat mich genauso wie dieses Mädchen gefangen genommen. Ich hatte keine Wahl.«

Das war mir neu. »Ist das wahr, Vivienne?«

»Wir brauchten eine Hexe, um den Zauber aufrecht zu erhalten…«, versuchte Vivienne zu erklären. Ich musste den Verstand verloren haben, denn ich sagte allen Ernstes: »Es steht dir frei, jederzeit zu gehen, wenn du es wünschst, Hexe. Niemand wird dich aufhalten. Du hast mein Wort.«

»Derek«, Vivienne schnappte nach Luft, »wir können nicht…«

»Sei still, Vivienne!« Ich hob eine Hand, um meine Schwester zum Schweigen zu bringen. Ich starrte auf Corrines geschocktes Gesicht. »Du bist nicht länger eine Gefangene des Schattenreiches, Corrine. Wenn du es möchtest, darfst du heute noch gehen. Ich werde dich selbst zum Hafen bringen.«

Ich durchschaute ihren Bluff. Sie stammte von Cora ab, und wenn sie ihrer Vorfahrin auch nur im Geringsten ähnlich war, wäre niemand in der Lage gewesen, sie gegen ihren Willen an einem Ort festzuhalten. Sie hatte ihre Gründe, sich hier aufzuhalten, doch die bestanden ganz sicherlich nicht darin, dass wir sie hier einsperrten.

Corrine beäugte mich für einige Sekunden mit zusammengekniffenen Lippen. Dann formte sich ein kleines Lächeln auf ihrem Gesicht.

»Ich kann jetzt erkennen, was Cora in Euch gesehen hat.«

Vivienne trat einen Schritt nach vorn und sah vollkommen verwirrt aus. »Corrine… du wirst doch nicht gehen? Ich weiß, du redest, seitdem du hier angekommen bist, ständig darüber, gegen deinen Willen hier festgehalten zu werden, aber…«

»Du bist wirklich ein liebenswertes Ding, oder nicht, Vivienne? Ich habe von Cora und all ihren Nachfahren die Macht und das Wissen geerbt, das sich über Jahrhunderte angesammelt hatte. Glaubst du wirklich, du kannst mich mit vier Wänden oder einem Käfig gefangen halten?« Corrine seufzte. »Und nun sollten wir uns wieder um das Wesentliche kümmern. Wenn ich herausfinden soll, was geschehen ist, kann ich es nicht zulassen, dass einer von euch hier herumschleicht und sie bedroht.«

»Ich würde sie niemals bedrohen«, fauchte ich.

»Macht Euch nichts vor, mein Prinz. Eure Gegenwart allein stellt eine Bedrohung für sie dar. Und nun macht schon, husch!«

Ich war Sofia einen letzten kurzen Blick zu und hatte das Gefühl, als würde mein Innerstes nach außen gezerrt werden. »Tu alles, was du kannst, um ihr zu helfen! Mach sie einfach nur… wieder gesund!«

Ich sah einen Hauch von Verwirrung in Corrines großen, braunen Augen. Vielleicht fragte sie sich, warum ich mir solche Sorgen machte, doch sie reagierte nicht weiter, sondern geleitete Vivienne und mich stattdessen aus dem Zimmer.

»Ihr findet den Weg allein. Ich werde dafür sorgen, dass Ihr von einem Wächter informiert werdet, sobald sie bereit ist, in den Pavillon zurückzukehren.«

Ich stand draußen, als Corrine die Tür vor uns zuschlug. Ich bewegte mich nicht vom Fleck, entschlossen, hier zu bleiben und zu warten, bis Sofia geheilt war.

Vivienne ergriff meine Hand und drückte sie.

»Sofia wird es wieder gut gehen. Corrine studierte in ihrem Abschlussjahr Psychologie, als wir sie hierher gebracht haben. Sie wird wissen, wie Sofia zu helfen ist.«

»Ich werde nicht gehen, bis ich weiß, dass Sofia geheilt ist.«

Meine Schwester kannte mich gut genug, um zu wissen, dass ich so störrisch wie ein Esel war, wenn ich mir einmal etwas in den Kopf gesetzt hatte. Nichts, was sie sagen konnte, würde mich davon überzeugen, diesen Ort zu verlassen.

»Wenn du mich brauchst, ich bin in den Behausungen und kümmere mich um die Untersuchung. Wir werden herausfinden, wer das getan hat, Derek.«

Ich verschränke meine Arme über meiner Brust. Schuld- und Schamgefühle überkamen mich, als Vivienne mich dort allein zurückließ, um zu grübeln. Ich konnte mir außer Lucas niemanden vorstellen, der fähig sein könnte, so etwas zu tun. Doch ich hatte keinen Beweis, und selbst wenn ich den hätte, war ich mir nicht sicher, ob ich irgendetwas dagegen unternehmen könnte. Lucas war mein Bruder, und egal, wie wichtig Sofia für mich geworden war, Blut war immer noch dicker als Wasser.

Kapitel 28: Sofia

Corrine nahm sich Zeit mit mir. Sie gab mir einen Schluck Wasser, was ich zu würdigen wusste, da ich den Geschmack von Dereks Blut immer noch frisch im Mund hatte. Sie gab sich große Mühe, mich niemals zu drängen oder mir Anweisungen oder Befehle zu erteilen, was genau das gewesen wäre, was Derek getan hätte, wenn ich in seine Obhut geblieben wäre.

Sie gab mir auch frische Kleidung. Ich war so erleichtert, Jeans und eine Bluse zu bekommen. Es war schön, etwas zu sehen, was ich auch im normalen Leben tragen würde. Die Kleider und Röcke, die mir in Dereks Baumhaus zur Verfügung standen, waren hübsch und weiblich, doch ich hatte das Gefühl, als bestünde der einzige Grund, warum ich sie tragen sollte, darin, dass die Vampire auf diese Weise leichten Zugang zu meinem Körper hatten — und genau das hatte Lucas ganz bestimmt bekommen.

Ich zog die Hose in dem Bewusstsein an, wie irrational meine Gedanken waren. Zum Schlafen hätte ich diese Jeans ja nun auch nicht getragen. Und doch bescherte mir der enge Sitz der Hose an meinen Beinen ein gewisses Wohlbehagen. *Zumindest würde ich Lucas Hände nicht auf meinen nackten Schenkeln spüren müssen.* Ich erschauerte und erinnerte mich an die Art und Weise, wie er mich berührt hatte. Ich wusste, dass es nicht das letzte Mal gewesen sein würde. Was mich am meisten geängstigt hatte, war die Hilflosigkeit, die ich in dem Moment gespürt hatte. Niemals wieder wollte ich so etwas empfinden.

»Möchtest du über das sprechen, was geschehen ist?«, fragte Corrine.

Ich setzte mich auf die Kante ihres Bettes, als sie einen Hocker heranzog, sodass sie sich mir gegenüber hinsetzen konnte. Sie zeigte auf eine Schale mit Obst auf ihrem Nachttisch. »Falls du hungrig bist…«

Ich schüttelte meinen Kopf. »Nein danke.«

Ich wusste die Art und Weise ehrlich zu schätzen, wie sie mich behandelte. Sie verhielt sich wie die besorgte ältere Schwester, die ich niemals gehabt hatte.

»Was ist passiert, Sofia? Ich verspreche, was immer du sagst, wird diesen Raum nicht verlassen, es sei denn, du möchtest das.«

»Ich erinnere mich nicht«, log ich. Ich erinnerte mich ganz genau an jede Einzelheit. »Ich wachte auf und hatte die Schnitte an meinem Rücken und hielt die Locke von Gwens Haar in meiner Hand. Ich ging ins Badezimmer und...« Ich schluckte, als ich an Gwens Schicksal dachte. »Sie hat es nicht verdient zu sterben.«

Ich wusste, dass ich die anderen Mädchen vor dem beschützen musste, was Gwen zugestoßen war. Lucas Drohung hallte immer noch in meinen Ohren wider. Er würde nicht zögern, mich und die Mädchen bei der ersten Gelegenheit zu zerstören.

»Du hast Recht, das hat sie nicht.« Corrines braune Augen bohrten sich in mich hinein. »Sofia, ich kann dir nicht helfen, solange du nicht ehrlich zu mir bist. War es Derek, der dir das angetan hat?«

»Er hat dir bereits erzählt, dass er es nicht war.«

»Ja, aber ich möchte es von dir hören.«

Es überraschte mich, dass ich fühlte, Derek beschützen zu wollen. Ich fühlte mich fast beleidigt, dass jemand andeuten könnte, er hätte dies getan.

»Wenn Derek es getan hätte, dann gäbe es kein großes Aufheben, oder? Immerhin sind wir seine Sklaven. Ist es ihm nicht gestattet, mit uns zu tun, was immer er möchte? Der einzige Grund dafür, warum es so ein Problem darstellt, liegt darin, dass jemand anderes es getan hat und es für Derek eine große Beleidigung darstellt.«

Corrine lächelte fast so, als wäre sie stolz darauf, dass mir diese Erklärung von allein eingefallen war. Es fühlte sich so an, als würde sie Psychospiele mit mir spielen.

»Der Prinz macht sich offensichtlich sehr viel aus dir. Er schien bestürzt zu sein, dich in diesem Zustand zu sehen.«

Ich schwieg. Ich hatte Angst vor dem, was noch kommen könnte. Ich wollte so gern glauben, dass ich Derek genügend bedeutete, sodass er auf meiner statt auf seines Bruders Seite wäre, doch wenn er es Hunderte von Jahren ertragen hatte, eine Kreatur zu sein, die er hasste, nur um seine Familie zu beschützen, warum sollte er mich Lucas vorziehen?

Corrine merkte wahrscheinlich, dass ihre Fragen keinen Erfolg haben würden, also versuchte sie etwas anderes.

»Wäre es in Ordnung für dich, wenn du mir erzählst, wie die Zeit im Schattenreich bisher für dich gewesen ist? Ich bin recht neugierig.«

Darin konnte ich nichts Schlimmes sehen, also öffnete ich mich ihr gegenüber. Ich erzählte ihr von jedem Gefühl, das sich noch frisch in meiner Erinnerung befand, jeder Angst, jeder Vorahnung und selbst von den gestohlenen Augenblicken von Freude und Verwunderung. Ich erzählte ihr, wie sehr ich meinen besten Freund vermisste und welche Sorgen ich mir um ihn machte. Ich wusste nicht, warum ich das alles erzählte. Vielleicht war es nur das Bedürfnis nach einer Freundin, einer Verbündeten. Das Einzige, was ich vor ihr verschwieg, bestand in dem, was Lucas mir angetan hatte und der Drohung, die er mir gegenüber ausgesprochen hatte, sollte ich irgendeiner Seele davon erzählen.

Ich gab mir während dieser Unterhaltung mit Corrine jedoch selbst ein Versprechen. Ich schwor mir, dass Lucas mit dem, was er Gwen angetan hatte, nicht davonkommen würde. *Früher oder später würde er dafür bezahlen.*

Kapitel 29: Derek

In dem Moment, als die Tür sich öffnete, sprang ich auf meine Füße. Ich stieß einen Seufzer der Erleichterung aus, als Sofia den Raum verließ und ein schüchternes Lächeln sich auf ihren Lippen ausbreitete, als sie mich sah. Und selbst wenn es nur aus reiner Fürsorge war, wollte ich sie in meine Arme ziehen und sie gleich hier und jetzt küssen, doch ich kämpfte gegen das Bedürfnis an, aus Angst, sie zu erschrecken. Also hielt ich mich zurück und gestattete ihr, das Tempo festzulegen. Ich zweifelte daran, dass sie sich der Wirkung bewusst war, die sie auf mich hatte, als sie auf mich zuging und meine Hand ergriff, wobei ihre anmutigen Finger sich mit meinen verschlangen, bevor sie meine Hand anhob und dort einen sanften Kuss hinterließ.

Ich verstand nicht vollkommen, warum sie es tat, doch ich fasste es als eine Versicherung auf, dass sie sich in meiner Gegenwart immer noch sicher fühlte und dass sie beschlossen hatte, mir zu vertrauen. Ich fühlte mich von dieser Geste sowohl geehrt als auch belastet. Ich starrte sie für einen Augenblick an, erfreute mich an der Zartheit ihrer Gesichtszüge und betete jedes kleine Bisschen von ihr an, als ich ihre Hände drückte und mich an der Wärme erfreute, die von ihr ausging.

Die Betrachtung meiner wunderschönen Gefangenen wurde unterbrochen, als Corrine sich räusperte.

»Dürfte ich Euch unter vier Augen sprechen… Prinz?« Sie betonte meinen Titel, als wäre er ein Hohn.

Ich verzog das Gesicht und hasste es, dass ich Sofias Hand loslassen musste, doch mich packte auch die Neugier auf das, was die Hexe zu sagen hatte. Ich bedeutete einem Wächter, in Sofias Nähe zu bleiben.

»Wirst du allein zurechtkommen?«, fragte ich Sofia mit einem unterdrückten Flüstern.

Sofia nickte. »Geh nur!«

Ich betrat Corrines Räumlichkeiten, und sie schloss die Tür hinter uns.

»Ich muss zugeben, ich habe anfänglich nicht verstanden, was Ihr in ihr gesehen habt. Ich konnte mir nicht vorstellen, was Sofia Claremont so Besonderes an sich hatte, doch jetzt verstehe ich.«

Interessiert lehnte ich mich nach vorn.

»Ich bin mir nicht sicher, aber ich glaube, sie hat eine Krankheit, die ich gern etwas genauer untersuchen möchte. Ich wünsche, dass sie täglich zu mir kommt. Es wird nicht lange dauern. Ich benötige lediglich ein oder zwei Stunden pro Tag.«

Ich vertraute der Hexe nicht vollkommen, war jedoch fasziniert von ihrem plötzlichen Interesse an Sofia.

»Was für eine Krankheit?«

»Es ist nichts, worüber Ihr Euch Sorgen machen müsstest. Es ist nichts Lebensbedrohliches. Wenn ich allerdings Recht habe, habt Ihr in dieser jungen Dame etwas ganz Besonderes. Von ihrer Sorte gibt es nicht viele.«

Da erzählte sie mir etwas, was ich bereits wusste. Ich bezweifelte, dass es noch jemand anderen wie Sofia gäbe. So gern ich auch mehr über diese »Krankheit« gehört hätte, die Sofia angeblich hatte, machte ich mir größere Sorgen um die augenblickliche Situation.

»Hat sie dir erzählt, wer es getan hat?«

»Sie behauptet, sich nicht erinnern zu können.«

»Glaubst du ihr?«

Corrine schüttelte ihren Kopf. »Nein. Ich glaube, sie beschützt etwas… jemanden.«

»Warum sollte sie denjenigen beschützen, der das getan hat?«

»Vielleicht ist es nicht ihr Angreifer, den sie beschützt.«

Corrine zuckte mit den Schultern und stand auf. »Ich schlage vor, Ihr sorgt dafür, dass sie rund um die Uhr bewacht wird. Ich schlage ebenfalls vor, dass Ihr sie nicht mit Fragen bombardiert über das, was geschehen ist. Wenn sie bereit ist, es Euch zu erzählen, dann wird sie das tun. Hört auf, sie dazu zu zwingen, Dinge zu tun, nur weil Ihr der Herrscher dieses verdammten Königreiches seid und Euer Wort Gesetz ist! Respektiert sie, indem Ihr ihr das Gefühl gebt, sie hätte eine Wahl!«

Ich wollte mich verteidigen und Corrine erzählen, dass ich Sofia nie gezwungen hatte, etwas gegen ihren Willen zu tun, doch ich verstand, was Corrine mir sagen wollte. Ich sprach in Anordnungen und Befehlen mit Sofia und machte mir ihre offensichtliche Angst vor mir zu Nutze, um sie dazu zu bringen zu kooperieren. Ich versuchte auch weiterhin, mir einzureden, dass ich die Menschen im Vergleich zu den Vampiren als ebenbürtig, wenn nicht sogar überlegen ansah, und doch behandelte ich Sofia nicht wie eine Gleichgestellte. Ich behandelte sie genauso, wie jeder andere im Schattenreich es tat — als eine Gefangene, eine Sklavin.

Ich schaute Corrine lange an, bevor ich nickte. »Danke. Sie wird morgen zurückkommen…« Ich ging auf die Tür zu und hielt kurz inne, bevor ich sie öffnete. »Allerdings nur, wenn sie es möchte.«

Die Hexe lächelte.

»Ich wünsche Euch einen guten Tag, Prinz.«

Kapitel 30: Sofia

In dem Moment, als unsere Blicke sich trafen, schaute er weg, fast so, als wäre ihm etwas peinlich. Es war eigentlich… niedlich — ein Wort, von dem ich niemals gedacht hätte, ich würde es benutzen, um Derek Novak zu beschreiben. Als wir zurück zu seinem Baumhaus gingen, schwieg er tief in seine Gedanken versunken und schaute kein einziges Mal in meine Richtung.

»Du hast gesagt, dass du mir noch weiteren Unterricht in Selbstverteidigung geben wolltest«, sagte ich schließlich, um die Stille zwischen uns zu unterbrechen.

»Ja.« Er hielt inne. »Doch wenn du das nicht möchtest…«

Ich runzelte die Stirn. *Seit wann interessierte es ihn, was ich möchte?*

»Ich möchte es.«

Die Schwere unserer Unterhaltung belastete mich. Ich wollte zu dem Zeitpunkt zurückkehren, an dem unser Zusammensein begonnen hatte, behaglich zu sein, bevor Lucas mich angegriffen hatte. Ich war immer noch erschüttert und hatte nach wie vor Angst vor dem, wozu Lucas fähig war, doch dank Ben hatte ich mir abgewöhnt, auf kummervollen Gedanken zu verweilen. Ich ließ meine Hände in Dereks gleiten.

»Es würde mir gefallen, wenn du den anderen Mädchen gestatten würdest, sich uns anzuschließen«, sagte ich und drückte leicht seine Hände.

Diese Geste schien seine Stimmung etwas aufzuhellen. Seine Schultern entspannten sich, und sein Blick wurde weicher. »Selbstverständlich.« Er blieb stehen und führte meine Hände näher an sich heran. Während er sprach, dachte er über jedes Wort sorgfältig nach. »Ich denke, du solltest von jetzt an in meinem Zimmer schlafen.«

Ich war sprachlos. Ich betrachtete ihn aufmerksam und versuchte, seine Absichten zu erraten. Dann breitete sich ein neckendes Lächeln auf meinen Lippen aus.

»Findest du nicht, wir gehen ein bisschen zu schnell vor?«, entgegnete ich und schaute ihn mit verengten Augen an. Ich versuchte, humorvoll zu klingen, doch in Wahrheit hatte ich eine Reihe von Bedenken, wenn es darum ging, das Schlafzimmer — geschweige denn das Bett — mit einem blutsaugenden Vampir zu teilen.

Er warf mir einen merkwürdigen Blick zu und fragte sich wahrscheinlich, ob er mich ernst nehmen sollte oder nicht.

»Ich meine es ernst, Sofia. Ich verstehe, dass du unsicher bist, doch ich verspreche dir, dass ich nichts versuchen werde. Ich möchte nur dafür sorgen, dass du in Sicherheit bist.«

Ich versuchte ganz bewusst, meine Überraschung nicht allzu sehr zu zeigen. Bat er mich tatsächlich um meine Zustimmung? Er befahl mir nicht einfach nur, in seinem Bett zu schlafen? Hatten wir dieses *»es werden keine Fragen gestellt, denn sein ach-so-königliches Wort stellt Anfang und Ende meiner gesamten Existenz dar«* hinter uns gelassen? Ich dachte darüber nach. Die Vorstellung, in mein Schlafzimmer im Penthouse zurückzukehren, machte mich krank. Ich war mir nicht sicher, ob ich Derek genügend vertraute, nicht über mich herzufallen, doch Lucas die Möglichkeit zu geben, mitten in der Nacht in mein Bett zu steigen, war die sehr viel weniger wünschenswerte Alternative.

Ich nickte und schaute hinauf in seine blauen Augen. »Ich kann dir vertrauen, oder nicht, Derek?«

Der Ausdruck auf seinem Gesicht genügte, um mich davon zu überzeugen, dass er die Situation nicht auf die leichte Schulter nahm.

Er nickte. »Ja, Sofia, das kannst du.«

Kapitel 31: Sofia

In den folgenden Tagen stand Derek zu seinem Wort. Er tat niemals etwas und er sagte auch niemals etwas, das mein Vertrauen missbraucht hätte. Er achtete besonders darauf, sich zu vergewissern, dass ich auch wirklich das tun *wollte*, worum er mich bat, und das machte einen großen Unterschied. Er begann tatsächlich zu fragen. Zuerst schien es für ihn so untypisch zu sein, aber mit der Zeit gewöhnten wir uns sehr viel mehr daran, uns in der Gegenwart des anderen aufzuhalten. Zumindest tat ich das.

Die Tage — oder im Falle des Schattenreiches die Nächte — nahmen eine gewisse Routine an. Wir begannen mit dem Frühstück, bevor Derek die Mädchen und mich in die

Waffenkammer brachte, um uns beizubringen, wie wir uns gegen Vampire zu verteidigen hatten. Sehr zum Verdruss seiner Geschwister gab er den Mädchen ebenfalls ihre eigenen Pfähle. Er warnte uns alle eindringlich, dass sie nur zur Selbstverteidigung und für nichts anderes gedacht waren. Sollten wir sie für irgendeinen anderen Zweck verwenden, würde er nicht zögern, uns eigenhändig zu töten. Es war eine Erinnerung daran, dass der kämpferische Teil von ihm immer noch vorhanden war — egal, wie sanftmütig er sich in meiner Gegenwart verhalten konnte.

Nach dem Unterricht brachten Sam und Kyle die Mädchen zurück zum Penthouse, um das Mittagessen vorzubereiten, während Derek mich zu Corrine geleitete. Ich hatte keine Ahnung, womit er sich beschäftigte, während ich zwei volle Stunden mit Corrine verbrachte, doch ich machte mir auch keine allzu großen Gedanken darüber. Ich begann, die Zeit zu genießen, die ich mit der Hexe zusammen war. Sie war definitiv besser als all die anderen Psychologen, mit denen ich mich in der Vergangenheit unterhalten musste. Es dauerte nicht lange, bis sie meine psychische Erkrankung diagnostiziert hatte.

»Ich glaube nicht, dass du irgendeine der Störungen hast, die die Ärzte an dir festgestellt haben, Sofia«, sagte sie. »Was du hast, wird sehr häufig mit anderen Störungen verwechselt, denn es ist sehr schwer zu entdecken. Ich bin davon überzeugt, dass du niedrige latente Hemmungen hast, auch bekannt als LLI. Latente Hemmungen sind das, was den Menschen gestattet, einige Reize auszublenden, sodass sie sich auf andere Reize konzentrieren können. Immerhin kann das Gehirn nur eine begrenzte Menge an Informationen auf einmal aufnehmen. Du hast jedoch nicht sehr viele latente Hemmungen. Das ist der Grund, warum dir permanent alles bewusst ist, was um dich herum hervorgeht. Das kann überwältigend sein.« Corrine hielt inne.

Ich biss mir auf die Lippen und dachte an meine Mutter. »Könnte ich irgendwann verrückt werden?«

»Die meisten Menschen mit LLI entwickeln tatsächlich irgendwann psychische Probleme… es sei denn, ihr Intelligenzquotient ist hoch genug, um damit umzugehen. Du bist eine der wenigen, die Glück zu haben scheinen. Die meisten Menschen, die mit LLI umgehen können, haben ein hohes Einfühlungsvermögen und nehmen andere sehr deutlich war. Sie sind kreative Genies.«

Als ich das hörte, schnaubte ich. Ich bezweifelte, dass ich ein kreatives Genie war. Und doch ergab vieles von dem, was Corrine über LLI gesagt hatte, für mich einen Sinn. Es erklärte ganz bestimmt, warum mein Bewusstsein immer so übertrieben reagierte. Sehr lange Zeit über hatte ich einfach angenommen, dass das normal war. Als Corrine mir ihre Einschätzung noch näher erläuterte, merkte ich, dass ich ihr mehr vertraute, als den diversen Ärzten, zu denen die Hudsons mich im Laufe der Jahre geschleppt hatten.

Nach meinen Sitzungen mit Corrine verbrachte ich den Rest des Tages normalerweise mit Ashley, Paige und Rosa. Wir wurden von mehreren sich häufig abwechselnden Wächtern beschützt, die uns zugeteilt waren, doch Sam und Kyle mochten wir am liebsten. Diese Nachmittage wurden größtenteils damit verbracht, dass sie mir halfen, mein Projekt in diesem zusätzlichen Zimmer zu beenden, das Derek mir in seinem Penthouse gegeben hatte. Wir unterhielten uns immer noch über Flucht, doch wir hatten keine Ahnung, wie wir das anstellen sollten. Am Ende verdarb uns dieses Thema immer die Laune, also vermieden wir es schließlich, darüber zu sprechen.

Die Mädchen stellten mir eine Menge Fragen über die Nacht mit Lucas und was geschehen war. Ich versuchte, ihnen so gut wie möglich auszuweichen. Ich wollte sie nicht ängstigen. Ich brachte es fertig, Derek davon zu überzeugen, uns zu gestatten, eine Gedenkstunde zu Ehren von Gwen abzuhalten. Es war die erste Gedenkstunde im Schattenreich, die jemals zu Ehren eines Menschen abgehalten wurde.

Das Abendessen nahm ich meistens allein mit Derek ein. Manchmal erzählte er mir, was ihm während des Tages widerfahren war, nachdem er mich zu Corrine gebracht hatte. In der Regel hörte ich einfach nur zu. Er hielt mich auf dem Laufenden, was die Untersuchungen in Bezug auf meinen Angriff und Gwens Mord betraf. Ich ging davon aus, dass er Lucas verdächtigte; er konnte es sich selbst gegenüber einfach nur nicht zugeben. Das stärkte einfach nur meine Entschlossenheit, seine Loyalität nicht auf die Probe zu stellen, indem ich ihm von der Nacht erzählte.

Wenn Lucas nicht gewesen wäre, könnte ich ehrlich sagen, dass ich begann, das Leben im Schattenreich zu genießen. Mit all den Sicherheitsmaßnahmen während der Nacht um mich herum, für die Derek gesorgt hatte, war es für Lucas schwieriger, an mich heranzukommen, doch es gab immer noch Augenblicke, in denen er mich allein antraf und mich überraschte. Lucas hörte nie auf, mich daran zu erinnern, dass der Zeitpunkt kommen würde, an dem ich ihm gehören würde. Ich hatte niemals ein Zusammentreffen mit ihm, nachdem ich mich nicht erschüttert und geschändet fühlte. Ich hasste Lucas mit jeder Faser meines Körpers. Es schien, als würde er das spüren, und dieses Wissen machte das Ganze für ihn nur noch amüsanter.

Letztendlich war es Derek, der mir das Leben im Schattenreich erträglich machte. Ich begann, die Abende zu schätzen, an denen wir zusammen saßen. Die meiste Zeit verbrachten wir damit, dass ich versuchte, ihm ein neues Stück Technologie zu erklären, jedes Mal ein anderes. Es machte Spaß, ihm die Kamera zu zeigen. Wir verbrachten die Nacht damit, gegenseitig Fotos voneinander aufzunehmen und einfach nur herumzualbern. Es war eines der ersten Male, dass ich hörte, wie er lachte.

Mein Leben auf der Insel entwickelte sich langsam vorwärts, und das Leben, das ich geführt hatte, bevor ich hierher gebracht worden war, begann, mir wie ein anderes Zeitalter vorzukommen. Ich machte mir Sorgen über die Mädchen und wie es ihnen erging, doch sie schienen akzeptiert zu haben, dass dies für den Augenblick ihr Schicksal war. Gelegentlich war es uns gestattet, das Penthouse zu verlassen, um andere Teile des Schattenreiches zu sehen, wo wir Zeugen davon wurden, wie andere Vampire ihre menschlichen Sklaven behandelten. Es wurde immer offensichtlicher, dass es uns zum Vorteil gereichte, uns in Dereks Obhut aufzuhalten.

Es gab immer noch Nächte, in denen Derek nach Hause zurückkehrte, nachdem er von einem weiteren Geschenk von Vivienne oder von irgendeinem anderen Vampir, der ihm seine Ehrerbietung erweisen wollte, getrunken hatte. Ich versuchte, nicht darüber zu sprechen. Ich vertrat die Einstellung, je weniger ich wusste, desto besser — sowohl für ihn als auch für mich.

Es kam der Zeitpunkt, als wir schließlich das beendet hatten, was ich den »Sonnenraum« getauft hatte. Es hatte länger gedauert, als ich erwartet hätte, doch ich war sehr aufgeregt, ihn Derek zu zeigen.

Ich würde niemals den Blick auf seinem Gesicht vergessen, als ich ihn in das Zimmer hineinzog und das Licht anstellte.

»Du hast mir erzählt, dass du seit fünfhundert Jahren kein Sonnenlicht mehr gesehen hast«, erklärte ich ihm. »Ich habe gemerkt, dass du es vermisst.«

»Also hast du das hier geschaffen?« Er schaute sich im Zimmer um, das an einer Wand das Bild eines Sandstrandes aufwies und an den anderen Wänden Spiegel hatte, um das Zimmer heller erscheinen zu lassen. In der Mitte der Decke befand sich ein Sonnendach, bestehend aus LED-Leuchten, die über einem der Fenster angebracht waren und die Illusion von Sonnenlicht erschuf, das sich durch den Raum ergoss. Wir hatten uns für Gartenmöbel entschieden, die das Gefühl vermitteln sollten, sich draußen im Freien aufzuhalten.

Ich lächelte. »Das war nicht nur ich. Vivienne war sehr gern bereit, uns alles zu besorgen, was wir brauchten. Die Mädchen und Sam und Kyle haben mir ebenfalls geholfen. Ich denke, du bist nicht der Einzige, der das Sonnenlicht vermisst, daher danke, dass du mich auf diese Idee gebracht hast.«

Zu meiner Überraschung schlang er seine Arme um meine Taille und zog mich nahe an sich heran. Er nahm meine

Arme und legte sie über seine Schultern um seinen Hals herum. Er hielt mich fest und begann, langsam zu tanzen.

»Es spielt keine Musik«, erinnerte ich ihn im Flüsterton.

»In meinem Kopf, Sofia, spielt immer Musik.«

Diesen Gedanken fand ich belustigend. »Das muss interessant sein. Es ist fast so, als würdest du deine eigene Hintergrundmusik dabei haben.«

Er nickte und lächelte zu mir hinab. »Ganz genau.« Er zog mich näher an sich heran und gab mir einen Kuss auf die Stirn. Dieser Kuss wanderte dann auf meine Wange und näherte sich schließlich meinem Mund. Ich wusste, dass er mich küssen würde, und wenn ich ehrlich mit mir selbst war, wollte ich das sogar. Und doch wich ich zurück.

»Es tut mir leid. Ich… ich kann nicht.«

Ich erwartete fast, dass er mich fragen würde warum, oder dass er sich durchsetzte und darauf bestand.

Stattdessen nickte er nur und schaute weg. »Ich verstehe.«

Aus irgendeinem Grund machte mich das wütend. Wie konnte er verstehen, wenn ich das selbst nicht einmal tat? In dem Moment wurde mir klar, wie sehr es mich ärgerte, dass er mich als so weich und zerbrechlich ansah. Es gab mir das Gefühl, schwach zu sein, doch das änderte nicht die Tatsache, dass ich für diesen Kuss nicht bereit war.

An dem Abend, kurz bevor ich einschlief, verstand ich warum. Ich war mir sicher, wenn ich mich ihm jemals auf diese Weise hingeben würde, wenn ich mich diesem Kuss ergeben hätte, wäre ich nicht in der Lage, mich davon abzuhalten, ihm zu verfallen.

Und wenn ich es mir jemals gestatten würde, mich in Derek Novak zu verlieben, war ich mir sicher, dass ich für immer eine Gefangene des Schattenreiches bleiben würde.

Kapitel 32: Derek

Dieser Augenblick im Sonnenraum verfolgte mich in dieser Nacht, als ich Sofia dabei beobachtete, wie sie neben mir schlief. Sie war zurückgewichen, als ich versucht hatte, sie zu küssen. Bei jeder anderen Frau hätte ich nicht gezögert, ihr diesen Kuss aufzuzwingen. Doch hier handelte es sich um Sofia.

Ich wollte, dass sie mich begehrte, doch nach allem, was sie gesehen hatte, nach allem, was sie durchgemacht hatte, konnte ich es ihr nicht verübeln, dass sie vor mir zurückschreckte. Ich verstand es, doch das änderte nichts daran, wie schmerzhaft sich das anfühlte.

Sie bewegte sich auf dem Bett, schob ihre Decke zur Seite

und zeigte mir einen großzügigen Teil ihrer weichen Beine. Ich schluckte schwer. Die Nächte mit Sofia waren qualvoll. Sie hier zu haben, wunderschön und so nahe, erinnerte mich immer daran, wie sehr ich sie wollte. Ihre Nachtwäsche verrutschte, entblößte ihren Hals und ihre Schultern und flehte mich fast an hineinzubeißen.

Ich erhob mich aus dem Bett, wobei ich mir selbst und meiner Gefühle für sie nicht mehr sicher war. Es machte mich krank, an die Gefahr zu denken, in der sie sich befand. Gwens Mörder war immer noch nicht gefunden worden, obwohl ich tief in meinem Innersten wusste, wer es war. Ich konnte es nur nicht ertragen, es zuzugeben. Das bekannte widerwärtige Gefühl breitete sich in meinem Magen aus, als ich auf die Fenster zuging, die auf den Balkon führten, der einen umwerfenden Blick auf die Umgebung bot. Die Nacht war schwarz, ohne die geringste Spur der Strahlen des Mondes.

Ich fühlte mich so dunkel wie diese Nacht.

Ich erinnerte mich daran, Lucas früher an dem Tag gesehen zu haben, wie er Sofia etwas ins Ohr flüsterte. Ich hatte bemerkt, wie ihr gesamter Körper sich versteift und sie ganz offensichtlich versucht hatte, ihren Zorn im Zaum zu halten. Ich hatte nichts dagegen unternommen. Ich hatte so getan, als hätte ich es nicht gesehen.

Als Sofia zu mir gekommen war, hatte sie sich genauso verhalten wie ich. Als wäre nichts geschehen. Sie hatte gelächelt und meine Hand gehalten. Sie hatte mir erzählt, sie hätte eine Überraschung für mich. Ihr warmes kastanienbraunes Haar und ihr strahlendes Lächeln hatten mich mehr an den Schein der Sonne erinnert, als der Sonnenraum es jemals könnte.

»Derek«, flüsterte Sofia hinter mir, »schläfst du eigentlich jemals?«

Ich schüttelte meinen Kopf, als ich mich umdrehte. »Nicht so viel wie du.« Ich atmete tief ein, als ich bemerkte, wie umwerfend sie aussah, als ihre tiefgrünen Augen zu mir aufschauten. Ich fühlte mich wie ein Junge, der seinen ersten Schwarm vor sich hatte. Sofia brachte es stets fertig, mich aus dem Gleichgewicht zu bringen.

Als ich mich ihr näherte, wurde ihr Lächeln von einem nachdenklichen Ausdruck auf ihrem Gesicht ersetzt. Ich setzte mich auf die Bettkante und ließ eine Hand über ihre Hüfte gleiten.

»Ist irgendetwas los?«

Sie legte ihre Hand auf meine und strich mit ihren Fingern über meine Haut. Die Bewegung ließ mich erschauern. Unsere Blicke trafen sich, und für einen Augenblick gab es nichts Wichtigeres, als sie hier bei mir zu haben. In dem Augenblick wurde mir klar, dass ich mir ein Leben ohne sie nicht mehr vorstellen konnte. Ich fühlte mich egoistisch, sie hier zu behalten, wenn ihr Leben hier gefährdet war, doch ich überzeugte mich davon, dass es keinen anderen Weg gab.

»Was hast du auf dem Herzen, Derek?«, hauchte sie.

»Dich.« Ich sah keinen Grund dafür zu lügen. »Ich kann mir ein Leben ohne dich nicht mehr vorstellen.«

Sie setzte sich im Bett auf und streckte eine Hand aus, um meine Wange zu berühren. Zwischen uns gab es fast keine Spannung oder Vorsicht mehr. In der Gesellschaft von anderen waren wir auch weiterhin reserviert, doch sobald wir allein waren, gab es eine Vertrautheit, einen Rhythmus, ja fast einen Tanz zwischen uns. Das war einer der Gründe, warum sie mir das Gefühl gab, ihr so… vertraut zu sein.

»Ich weiß nicht, ob es dir irgendetwas bedeutet«, begann sie zu sagen, doch zögerte dann.

Innerlich musste ich über ihre Bemerkung lächeln. Es war selten, dass irgendein Wort, das über ihre süßen Lippen kam, mir nichts bedeutete.

»Was?«, drängte ich sie.

Ich bezweifelte, dass sie auch nur annähernd erahnen konnte, wie bewegt ich von dem war, was sie als nächstes sagte.

»Von dem Moment an, an dem ich hier eintraf, wollte ich nur fliehen und zurück nach Hause gehen, aber, Derek…«, sie lehnte sich näher an mich heran und gab mir einen sanften Kuss auf die Wange, »du hast begonnen, dich wie mein Zuhause anzufühlen.«

Kapitel 33: Derek

Zu Hause.

Das Wort ging mir am nächsten Morgen immer noch im Kopf herum.

Ich saß auf dem Sofa im Wohnzimmer, während mein Blick auf ein Mitglied der Höhergestellten gerichtet war — Claudia, eine unberechenbare und eingebildete Vampirin, die es geschafft hatte, sowohl meinen Vater als auch meinen Bruder davon zu überzeugen, dass sie nur das Interesse unserer Familie im Sinn hatte.

Ich war mir über ihre wahren Absichten immer noch nicht im Klaren. Vor meinem Schlaf hatte sie mehr als nur einen Versuch gestartet, eine Beziehung mit mir anzufangen.

So hübsch sie auch war, ich fand allein ihre Gegenwart abstoßend. Und trotzdem hatte sie um eine Audienz gebeten, und ich hatte keinen Grund, ihr diesen Wunsch zu verweigern.

Doch ich konnte kaum hören, was sie sagte — Höflichkeiten, die mir nichts bedeuteten — denn mein Geist beschäftigte sich immer noch so sehr mit dem, was Sofia gestern Abend angedeutet hatte.

Meinte sie, ich sei der Grund dafür, dass sie hier im Schattenreich bleiben wollte?

Claudia beendete ihr Geschwätz und wartete auf irgendeine Art von Reaktion. Ich schaute sie von oben bis unten an und ignorierte alles, was sie gerade von sich gegeben hatte.

»Wie ich sehe, ist es dir gut ergangen, Claudia«, bemerkte ich und schaute auf ihre extravagante Kleidung.

»Das habe ich nur Euch zu verdanken, oder nicht, mein Prinz?« Sie lächelte.

Ich räusperte mich. »Wir sollten uns nicht in Smalltalk verlieren. Warum wolltest du mich sehen?«

Ich beäugte den jungen Mann, der hinter ihr an der Tür stand und auf sie wartete. Blond, gut gebaut — sehr der Typ, der Claudia gefiel. Ich erinnerte mich daran, warum ich es verabscheute, mich in der Gegenwart dieser Vampirin aufzuhalten, die mindestens dreißig Jahre älter war als ich, obwohl sie bereits im zarten Alter von siebzehn verwandelt worden war.

Claudias lange Wimpern flatterten, als sie sich aufrechter hinsetzte. »Außer natürlich, meinem geliebten Prinzen meine Ehrerbietung zu erweisen, bin ich einfach nur neugierig.«

»Neugierig in Bezug auf was?«

»Ihr meint, neugierig in Bezug auf wen. Nun, ich habe schon so viel von Eurem hübschen, rothaarigen Haustier gehört. Ich wollte gern herausfinden, was für eine Art von Mädchen es fertigbringen konnte, Derek Novak einzufangen.«

Ich verzog das Gesicht. Claudias Interesse an Sofia war etwas, das ich unter allen Umständen unterbinden musste. Doch bevor ich noch meinen Mund öffnen konnte, erschallte Sofias Lachen von draußen. Sie und die Mädchen kamen von Sam und Kyle begleitet von einem Spaziergang zurück.

Und nun war es zu spät. Sofia trat mit einem Lächeln auf ihren Lippen durch die Eingangstür, und ihre grünen Augen glitzerten.

Claudia stand auf, drehte sich herum und beäugte Sofia von Kopf bis Fuß.

»Das ist sie also«, sagte sie.

Als wenn das nicht schon schlimm genug gewesen wäre, breitete sich in dem Moment ein Ausdruck tiefster

Erschütterung auf Sofias Gesicht aus, als sie Claudias Sklaven erblickte.

»Ben«, hauchte sie.

Der gleiche Schock war ebenfalls auf dem Gesicht des Jungen zu erkennen. Sein Gesicht erbleichte. Sofia eilte nach vorn, warf ihre Arme um ihn herum, und er erwiderte ihre Herzlichkeit mit der gleichen Leidenschaft. Als er sein Kinn auf ihren Kopf legte, schaute er in meine Richtung. Ich konnte die Anschuldigungen und Drohungen fast hören, die er mir entgegenwarf. Es war offensichtlich, dass er Angst um Sofia hatte und dass er sich Sorgen darüber machte, was ich ihr bereits angetan haben könnte.

Ein selbstgefälliges Grinsen formte sich auf Claudias Gesicht, als sie das Wiedersehen zwischen ihrem Sklaven und meinem beobachtete.

»Interessant. In der Tat, sehr interessant.«

Ich stand nur da und wusste nicht, was ich tun sollte. Oder was ich denken sollte. Doch ich war mir sicher, dass Sofia direkt vor mir den Grund dafür umarmte, warum sie das Schattenreich für immer würde verlassen wollen.

Kapitel 34: Sofia

Mir lief ein Schauer über den Rücken, als ich mich in Bens starke Arme fallen ließ, die sich fest um mich herum schlangen. Mir gingen so viele Fragen im Kopf herum. Ich wusste nicht, ob ich froh oder entsetzt darüber sein sollte, ihn an einem Ort wie dem Schattenreich wiederzusehen.

»Bei allem Respekt, mein geliebter Prinz«, schnurrte Dereks Gast, »ich mag es nicht, wenn andere Mädchen anfassen, was mir gehört, und nach dem Blick auf Eurem Gesicht zu urteilen, habe ich den Eindruck, dass Euch dieser Anblick auch nicht sonderlich gefällt.«

Bens ganzer Körper spannte sich in dem Augenblick an, in dem sie sprach. Es war abscheulich, darüber nachzudenken, was er seit seiner Ankunft im Schattenreich hatte erdulden müssen. Ich wollte anfangen zu sprechen, etwas zu ihm sagen und ihm zumindest eine der Fragen stellen, die in meinem Kopf herumschwirrten, doch ich wusste, dass ich in dem Moment, in dem ich es versuchen würde, nicht mehr in der Lage sein würde, mein Schluchzen zu unterdrücken. Ich wollte ihn festhalten, doch wir beide wussten, dass wir uns loslassen mussten. Festzuhalten bedeutete nichts als Ärger… für uns beide, also wichen wir widerwillig auseinander und standen still vor dem Mann und der Frau, die uns gefangen hielten.

»Wer ist er, Sofia?«, fragte Derek.

Mir entging die Anspannung in seiner Stimme nicht.

»Ein Freund.«

Sein blonder Gast verzog ihre Nase.

»Nur ein Freund?«

»Der beste, den ich jemals hatte«, entgegnete ich, wonach mir die Stimme versagte, als Tränen meine Wangen hinunter liefen.

»Würdest du mir eine Bitte gewähren, Claudia?«, sagte Derek, während er seinen Blick streng auf mich gerichtet hielt.

Ich konnte den Ausdruck auf seinem Gesicht nicht interpretieren. Ich war mir nicht sicher, ob meine Zuneigung zu Ben ihn verärgert hatte. Aus irgendeinem Grund griff mein Herz nach ihm. Ich hätte ihm am liebsten versichert, dass Bens Gegenwart zwischen uns nichts ändern würde, doch das wäre eine Lüge gewesen.

Sie änderte alles.

Ich erinnerte mich an das, was ich am Abend zuvor zu Derek gesagt hatte — dass er begonnen hatte, sich wie mein Zuhause anzufühlen. Ich könnte niemals vergessen, wie er mich danach angeschaut hatte — als würde ich für ihn die Welt bedeuten. Dass so ein starker und mächtiger Mann mich auf diese Weise anschauen konnte, berührte mich sehr. Es war merkwürdig, denn in dem Augenblick hatte ich den Eindruck, dass ich die Macht hatte und dass er mir ausgeliefert war.

Während ich neben Ben stand und Angst um ihn hatte, warf ich erneut einen Blick auf den Gebieter, für den ich so starke Gefühle entwickelt hatte, und stellte mir eine Frage.

Könnte es mir möglich sein, Derek Novak zu brechen?

Ich erwachte aus meinem inneren Monolog, als ich bemerkte, wie angewidert Claudia mich ansah.

»Ja, Hoheit? Was kann ich für Euch tun?«

Derek ging auf sie zu, während seine Hand sich von hinten um ihre Taille herumschlang und er sie mit dem Rücken gegen seinen Körper presste. Sie verbarg nicht das Entzücken in ihrem Gesicht, als sie mich beäugte, als hätte sie mir irgendwie etwas weggenommen. Mein Magen zog sich zusammen. Es war ein sehr merkwürdiges Gefühl zu sehen, wie Derek eine andere Frau berührte. Es ähnelte dem, was ich gefühlt hatte, als ich Ben zusammen mit Tanya gesehen hatte, doch dieses war etwas anderes — intensiver und schmerzhafter. Ich hasste es, es zuzugeben, doch ich war eifersüchtig. Ich wollte Claudia mitten ins Gesicht schlagen, doch da diese Möglichkeit nicht bestand, schaute ich einfach nur weg.

Was Derek als nächstes sagte, vernichtete meine gesamte Entschlossenheit, ihn für den Rest des Tages zu ignorieren.

»Wie du bereits weißt, Claudia, ist mir die reizende Sofia sehr wichtig geworden, und sie scheint eine Vorliebe für deinen Sklaven hier zu haben. Du bist hierhergekommen, um mir deine Ehrerbietung zu zeigen, oder nicht?«

Claudias Gesicht verzog sich. »Das stimmt.«

»Es würde mir sehr gefallen, wenn du mir den Jungen gibst. Meine Sklavin Gwen wurde ermordet, wie du vielleicht gehört hast. Ich brauche jemand Neues.«

»Es gibt mit Sicherheit andere«, versuchte Claudia einzuwenden. »Ich kenne Euch gut genug, um zu wissen, dass Ihr nicht auf junge Männer steht.«

Dereks Griff um ihre Taille herum festigte sich, als er direkt in ihr Ohr sprach. »Wie ich schon gesagt habe, hat Sofia offensichtlich Gefallen an ihm gefunden. Ich will keinen anderen, denn es ist dieser, den Sofia haben möchte.

Was ihr gefällt, gefällt mir ebenso. Wirst du mir diese Bitte abschlagen, Claudia?«

Claudia wich vor ihm zurück und stellte sich aufrecht hin, als würde sie versuchen, den Anschein von Würde wiederzuerlangen. Wir alle wussten, dass es schlimm für sie enden würde, sollte sie Derek diese Bitte verweigern. Er war ihr Prinz, und alles, worum er sie bat, war ein Sklave. Sie hatte keinen Grund, ihn ihm zu verwehren. Sie runzelte die Stirn und warf einen finsteren Blick in meine Richtung, bevor sie Ben beäugte.

»Dieser gefiel mir recht gut, doch ich habe mehr, als ich je gebrauchen könnte.« Sie näherte sich Ben und liebkoste seine Wange mit ihrem Handrücken. Ihr Blick löste sich nicht von meinem, als sie sich auf ihre Zehenspitzen stellte, um Ben auf die Lippen zu küssen.

Ich schaute Ben an, und mir wurde klar, dass er für sie das Gleiche empfand wie ich für Lucas. Die Übelkeit, die sich in meinem Magen ausgebreitet hatte, wollte nicht verschwinden. Ich weigerte mich, überhaupt damit zu beginnen, darüber nachzudenken, was Ben hatte erleiden müssen, seitdem er sich im Schattenreich aufhielt.

Claudia warf Derek einen letzten Blick zu.

»Ich könnte Euch niemals etwas abschlagen, mein lieber Prinz. Ich werde Euch bald wieder besuchen.« Sie blickte ihn finster an und ging davon.

Als sie weg war, ergriff ich Bens Hand und zog ihn erneut an mich heran. Ich beäugte Derek und formte mit meinem Mund das Wort *Danke.* Ich meinte es aufrichtig. Er nickte und zwang sich zu einem Lächeln.

Während ich verzückt darüber war, meinen besten Freund zu sehen, bestand mein Gefühl in diesem Augenblick vorwiegend aus Bewunderung für Derek, für das, was er getan hatte. Ich hielt Ben fest umschlungen, fast so, als würde ich darauf hoffen, seine Anziehungskraft auf mich wiederzubeleben.

»Ich hasse sie«, fauchte Ben in mein Ohr, »ich hasse sie alle.«

Ich umarmte ihn nur noch fester.

»Keine Sorge, Ben. Jetzt wird alles gut. Derek wird uns beide beschützen.«

»Sei kein Narr, Sofia. Wir müssen von hier verschwinden, bevor er beschließt, dass er deiner überdrüssig ist und uns beide umbringt.«

Diese Vorstellung machte mich krank. *Was wird geschehen, falls Derek jemals merken sollte, dass ich niemand Besonderes bin… und beschließt, dass er genug von mir hat?* Ich wollte glauben, dass so etwas niemals geschehen könnte, doch Ben schaffte es immer wieder, mich mit seinen Worten zu beeinflussen. Ich warf Derek einen besorgten Blick zu. Es fühlte sich so an, als hätte ich ihn gerade verloren.

Kapitel 35: Derek

Ich verabscheute die Anspannung. Seitdem Sofia in mein Schlafzimmer gezogen war, hatten wir eine natürliche Vertrautheit entwickelt. Es war fast so, als wüssten wir einfach, wie wir uns aneinander anzupassen hatten. Natürlich gab es Zeiten, an denen ich eine große Versuchung verspürte, einen Schluck ihres Blutes zu nehmen, doch das war nichts, was ein Glas Blut von Vivienne nicht beheben konnte.

An dem Abend, als Ben auftauchte, war es jedoch so, als wären wir wieder zu Fremden geworden. Das Zimmer fühlte sich plötzlich zu klein für uns beide an. Mit jeder Minute entglitt sie mir mehr.

Schließlich legte sie sich auf ihre Seite des Bettes, während ich mit der vollen Absicht, mich in einem Buch zu verlieren, auf der anderen Seite auf der Bettkante saß. Sie war diejenige, die schließlich die Stille durchbrach.

»Danke, Derek, für das, was du getan hast.«

Ich hatte nicht das Verlangen, über den Jungen zu sprechen. »Lucas hat sich dir vorhin genähert. Was hat er zu dir gesagt?«

»Nichts«, antwortete sie zu schnell. »Du weißt, dass dein Bruder sehr viele bedeutungslose Dinge sagt.«

»Wenn ich bedenke, wie du reagiert hast, waren seine Worte vermutlich alles andere als bedeutungslos.« Ich dachte an Corrines Vermutung, dass Sofia sich an alles erinnerte, was in der Nacht geschehen war, als sie angegriffen worden war. »Hat er dir wehgetan, Sofia?«

»Das spielt keine Rolle.«

»Was meinst du damit, das spielt keine Rolle?« Ich ergriff das Bettlaken und wunderte mich darüber, warum ich Fragen stellte, auf deren Antworten ich nicht zu reagieren wüsste. »Hat er?«

Sofia setzte sich im Bett auf und hielt mich am Handgelenk fest.

»Warum reagierst du so? Du hast schon unzählige Male gesehen, wie Lucas und ich miteinander kommuniziert haben.«

»Kommunizieren? Ist es das, was du mit Lucas tust?«

Ich wusste, dass ich irrational war, doch das Bild von Sofia zusammen mit Ben raubte mir jegliche Vernunft.

»Gibt es etwas zwischen dir und meinem Bruder, Sofia?«

»Ich und Lucas?« Sie sah ärgerlich aus und knirschte während des Sprechens mit den Zähnen. »Das ist Irrsinn, Derek. Ich würde niemals…«

Ich bewegte mich schnell und drückte sie nach unten gegen das Bett. Ich hielt ihre Handgelenke mit einer Hand über ihrem Kopf fest, kniete mich auf das Bett und setzte mich rittlings auf sie.

Fragend weitete sich ihr Blick.

»Was tust du da?«, fragte sie mit leiser, rauer Stimme. »Warte! Nein…«

Ich griff nicht sehr sanft nach ihrem Kinn. Ich hatte das Gefühl, ich würde sie verlieren, und dass die Ereignisse sich jenseits meiner Kontrolle befanden. Ich wollte irgendeine Art von Kontrolle wiedergewinnen, und, so unvernünftig das auch war, ich ließ meine Wut an ihr aus.

»Du gehörst mir, Sofia! Viele Dinge haben sich zwischen uns verändert, doch das ist gleich geblieben.«

Sie antwortete nicht. Stattdessen sah sie mich einfach nur auf eine Weise an, wie sie es schon sehr lange nicht mehr getan hatte. Ängstlich.

Das weckte mich aus meinem vorübergehenden Ausbruch

des Irrsinns. Ich ließ sie los, stand auf und fühlte mich wie der größte Narr, der jemals auf dieser Erde gewandelt war. Ich konnte sie nicht anschauen. Ich konnte es nicht einmal ertragen, mich in dem gleichen Zimmer mit ihr aufzuhalten. Ich verdiente sie nicht.

Ich hatte gelogen, als ich sie darauf hingewiesen hatte, dass die Tatsache, dass sie mir gehörte, sich nicht geändert hätte. Egal, was für eine Machoschau ich hier abgezogen hatte, um zu versuchen, sie einzuschüchtern, ich kannte die Wahrheit.

Sie war nicht länger mein Eigentum.

An irgendeinem Zeitpunkt während all dieser Nächte, die ich mit ihr verbracht hatte, war ich zu ihrem geworden.

Kapitel 36: Sofia

Worte konnten nicht erklären, wie erschüttert ich war. Es war so untypisch für den Derek, den ich kennengelernt hatte, und ich konnte nicht verstehen, warum er so etwas tun würde. Zweifel überkamen mich.

Hatte Ben Recht? Wird Derek meiner überdrüssig?

Nachdem er aus dem Zimmer gestürmt war, blieb ich noch lange regungslos auf dem Bett liegen. Ich zitterte und war mir nicht sicher, wie ich das werten sollte, was gerade geschehen war. Jegliches Gefühl der Sicherheit, das ich empfand, wann auch immer ich mich in diesem Schlafzimmer aufhielt, begann, sich in Luft aufzulösen, und ich stellte fest, dass ich große Angst hatte.

Und doch wurde mir nach einer intensiven Selbstprüfung klar, dass ich mir ebenfalls Sorgen um Derek machte, obwohl ich mich über die Art und Weise ärgerte, wie er mich behandelt hatte. Es war nicht typisch für ihn, sich so zu verhalten, wie er es getan hatte. Irgendetwas stimmte nicht. *Er hat geglaubt, zwischen Lucas und mir würde sich etwas abspielen.* Ich hätte ihm so gern erklärt, dass nichts weiter von der Wahrheit entfernt sein konnte, doch wie sollte ich das tun?

Ich kletterte aus dem Bett und zog einen seidenen Bademantel über meine Nachtwäsche. Während ich immer noch von besorgniserregenden Gedanken verfolgt wurde, ging ich zu dem Zimmer, das Erinnerungen an Dereks Lächeln hervorrief, an einen Tanz zu Musik, die nur in Dereks Kopf vorhanden war, und dann einen Kuss, den ich so sehr gewollt hätte, den ich jedoch nicht gestatten konnte.

Ich öffnete die Tür zum Sonnenraum und war überrascht, Ben dort vorzufinden, wie er mit einem Blick voller Glückseligkeit im Gesicht dastand. Nachdem Derek Ben »erstanden« hatte, hatten wir den Rest des Tages zusammen verbracht — bis zu dem Zeitpunkt, an dem ich in Dereks Zimmer gehen musste, um etwas Schlaf zu bekommen. Ben hatte vorgeschlagen, dass ich die Nacht mit ihm verbringe, doch sehr zu seiner Bestürzung lehnte ich das ab. Sollte Lucas in dieser Nacht angreifen, würde ich Ben nur in

Gefahr bringen, wenn ich bei ihm gefunden wurde.

Die Zeit, die ich mit Ben verbrachte, fühlte sich merkwürdig an. Das Schattenreich hatte ihn auf eine Weise verändert, von der ich wusste, dass ich sie niemals verstehen könnte. Wir tauschten nicht viele Worte aus. Wir genossen nur die Tatsache, dass wir uns in der Gegenwart des jeweils anderen befanden.

Ich wusste, dass er seine eigenen Fragen an mich hatte, und ich hatte meine an ihn, doch wir hatten beide Angst davor, die Antworten zu hören. Ich wusste nicht, wie ich damit umgehen würde, sollte Ben beginnen, mir etwas über seine schrecklichen Erfahrungen im Schattenreich zu erzählen. Ich wusste nicht einmal, ob ich es fertigbringen könnte, ihm von dem zu berichten, was Lucas mir angetan hatte und warum ich Derek nichts davon erzählen konnte.

Daher war der freudige Ausdruck auf seinem Gesicht, als er den Sonnenraum betrachtete, ein wunderbarer Anblick.

»Wir nennen ihn den Sonnenraum«, sagte ich, als ich ihn überraschte. »Ich habe das Zimmer selbst gestaltet. Gefällt es dir?«

Ich trat ein und zeigte ihm ein Lächeln. Ich konnte den Stolz nicht leugnen, den ich verspürte, als ich Bens Gesicht sah und wie entzückt er aufgrund der Illusion zu sein schien, dass die Sonne in den Raum hineinstrahlt.

Doch das erinnerte mich so sehr an Dereks Reaktion, als

ich ihm den Raum zum ersten Mal gezeigt hatte, dass es sich fast so anfühlte, als würde ich Derek allein dadurch betrügen, dass ich mich mit Ben hier aufhielt.

»Du hast das gemacht?«, fragte Ben. »Sofia, das ist unglaublich!« Er seufzte, als er sich dem Wandgemälde des Strandes näherte. »Was würde ich dafür geben, die Sonne zu sehen. Dieser Ort und seine Dunkelheit…« Er erschauerte. »Dieses Zimmer ist ein wahrer Zufluchtsort. Was hat dich inspiriert?«

Ich biss mir auf die Lippen, als ich ihn anstarrte.

»Derek hatte mir erzählt, dass er schon seit fünfhundert Jahren nicht mehr die Sonne gesehen hatte. Ich war mir sicher, er würde sie vermissen, und das hat in mir diese Idee geweckt, und…«

Ben nahm seine Hand vom Wandgemälde, als hätte es ihn plötzlich verbrannt. »Du hast das für *ihn* getan?«

»Nun, ja«, sagte ich, »das, und ich habe die Sonne ebenfalls vermisst.« Es gefiel mir nicht, in welche Richtung diese Unterhaltung sich bewegte.

»Wie kannst du nur irgendetwas für ihn tun? Für irgendeinen von ihrer Art?« Bens Tonfall war anklagend. »Du bist seine Sklavin, Sofia. Wie kannst du damit leben?«

Was konnte ich darauf nur antworten? Dass Derek anders war? Dass Derek sich von den anderen unterschied? Ich wusste nur, dass während all der Zeit, die ich hier verbracht hatte, Derek begonnen hatte, mir eine Menge zu bedeuten. Selbst nachdem, was er vorhin getan hatte, und egal, wie sehr mich das verletzt und verwirrt hatte, ich hatte immer noch Schwierigkeiten, Derek in einem negativen Licht zu betrachten. Wie könnte ich Ben das auch nur ansatzweise erklären? Ich schlang von hinten meine Arme um Bens Taille und hoffte, ich könnte seine Gedanken von den Vampiren ablenken.

»Können wir sie für den Augenblick nicht einfach vergessen? Ich habe dich so sehr vermisst.«

»Ich kann nicht einfach vergessen, Sofia«, fauchte Ben. »Du hast keine Ahnung, was dieses Miststück mir angetan hat.«

Seine Stimme klang angespannt. Erschöpft. Gebrochen. Zynisch. Ich bemerkte keine Trauer mehr. Nur noch Hass. Das war vollkommen anders als der unbeschwerte Ben, den ich früher einmal gekannt hatte. Er drehte sich herum, um mich mit lodernden Augen anzuschauen.

»Ich hätte mir niemals vorstellen können, dass du es sein könntest — das Mädchen, über das Claudia immer geredet hat, der Mensch, der das Herz des Vampirprinzen gestohlen hat. Es betrübt mich, dass du ebenfalls gefangengenommen wurdest und dass ihre Art uns auf jede erdenkliche Weise zerstören kann. Doch nach all dem scheint es fast so, als hättest du dich in ihn verliebt.«

Ich schluckte schwer. *Mich verliebt? In Derek?* Ich konnte mich selbst nicht belügen. Ich wusste, dass ich mich in Gefahr befand, ihm zu verfallen, doch ob das bereits geschehen war — ob ich mich tatsächlich in Derek verliebt hatte — dessen war ich mir nicht so sicher. Ich brauchte Ben gegenüber nicht zu verteidigen, was auch immer ich mit Derek hatte, und ich wollte es auch nicht, also konzentrierte ich mich stattdessen auf Ben. Ich wusste, dass diese Unterhaltung unausweichlich war. Ich bereitete mich auf das Schlimmste vor.

»Was ist mit dir geschehen, Ben? Wie bist du hierhergelangt? Was hat Claudia dir angetan?«

Es gab eine lange Pause, bevor Ben seufzte und damit begann, es mir zu erzählen. »An dem Abend deines Geburtstags bist du nicht in das Hotel zurückgekehrt. Ich habe mir große Sorgen gemacht. Ich habe stundenlang gewartet, doch du bist nicht aufgetaucht, also habe ich begonnen, nach dir zu suchen. Während ich das tat, hat sie mich gefunden. Sie brachte mich in ihr Penthouse, wo ich mich seitdem aufhalte. Heute war das erste Mal seit meinem Fluchtversuch, dass sie mich hinausgelassen hat.«

»Du… du hast versucht zu fliehen? Was ist geschehen?«

Er lächelte bitter. »Schau selbst!«

Er zog sein weißes Wollhemd aus.

Mir stockte fast der Atem, und mir stiegen die Tränen in

die Augen, als ich eine Hand über meinen Mund warf. Sein Oberkörper war mit Narben übersät. Ein Schnitt nach dem anderen entstellte seinen Körper. Ich zitterte, als ich meine Finger darüber gleiten ließ.

»Wie konntest du das überleben, Ben?«

»Das ist nur die letzte Runde der Folter, die du hier siehst. Sie hat einen Dolch benutzt, um mich tief genug zu schneiden, damit eine Narbe zurückblieb. Während der ersten beiden Runden prügelte sie mich zu Brei und zwang mich dann, ihr Blut zu trinken, sodass ich heilen konnte, damit sie mich wieder von vorne foltern konnte.«

Es kostete mich große Mühe, mich davon abzuhalten, mich zu übergeben.

»Diese Kreaturen sind bösartige Wilde, Sofia. Alle von ihnen. Sie haben genauso wenig ein Gewissen wie sie ein Leben haben. Vielleicht glaubst du, dass dieser Prinz irgendwo tief in sich drinnen ein Herz hat, doch das stimmt nicht, Sofia. Egal, wie sehr er sich um dich gekümmert hat, er ist immer noch ein Vampir. Und wann auch immer er dich anblickt, sieht er nur eine wunderhübsche junge Frau, in die er seine Zähne hineinstoßen kann.«

Und doch hat er das bisher nicht getan. Egal, wie groß die Versuchung war, er hat bisher niemals nachgegeben. Ich schaute zu meinem besten Freund hoch und wollte ihm zustimmen, konnte allerdings nicht anders, als Derek auch weiterhin zu verteidigen. Ich schämte mich dafür, denn nach allem, was Ben durchgemacht hatte, hätte er es verdient, mich an seiner Seite zu haben, doch alles, woran ich denken konnte, war das Lächeln auf Dereks Gesicht und die Art und Weise, wie er mich angeschaut hatte, kurz bevor er sich hinabgebeugt hatte, um mich zu küssen. Egal, wie sehr ich versuchte, mich an das negative Verhalten meines Entführers zu erinnern, ich merkte, dass ich es nicht schaffte, Derek als einen Wilden anzusehen… ganz einfach, weil er keiner war.

»Ich kann dir keine Vorwürfe machen, dass du so denkst. Claudia ist mit Sicherheit böse«, war alles, was mir einfiel, um Ben zu beschwichtigen.

»Doch du glaubst, dein Prinz ist es nicht?«

»Derek hat seine Schwächen, doch er ist weit davon entfernt, ein Wilder zu sein.«

Ben reagierte, indem er mein Gesicht in seine großen Hände nahm und mir einen Kuss auf die Stirn gab.

»Du irrst dich so gewaltig, Sofia, und um deinetwillen hoffe ich, dass wir einen Weg hier heraus finden können, bevor sein wahrer Charakter an die Oberfläche tritt.«

»Ei, ei, ei. Was haben wir denn hier?«

Als würde Ben nicht schon eine genügend große Last für mich sein, musste ich mir nun auch noch das schreckliche Geräusch von Lucas Stimme anhören.

»Du bist ein ungezogenes Mädchen, Sofia. Es ist schon

schlimm genug für mich zu sehen, wenn Derek dich berührt, doch nun das hier?«

Bevor ich überhaupt damit beginnen konnte, über eine Antwort nachzudenken, hatte Lucas sowohl Ben als auch mich an der Kehle gepackt und drückte uns gegen eine Wand. Lucas Starren konzentrierte sich auf Ben.

»Wenn das nicht Claudias Sklave ist... Warst du nicht derjenige, der uns während dieses vergnüglichen Rendezvous bedient hat, das ich mit deiner Herrin verbracht habe?«

Ben wehrte sich gegen Lucas Griff. Er war jedoch unbewaffnet, und wir beide wussten, dass er gegen Lucas nicht sehr viel ausrichten konnte.

»Willkommen im Pavillon, Junge«, grinste Lucas. »Die erste Lektion, die du lernen wirst, besteht darin, dass du niemals etwas anfassen solltest, was mir gehört.«

Ben spuckte ihm ins Gesicht und fauchte: »Sofia gehört weder dir noch deinem Bruder! Sie gehört zu mir.«

Aufgebracht durch Bens Ungehorsam knurrte Lucas und schleuderte Ben auf die andere Seite des Raumes. Ben stieß mit dem Kopf gegen die Wand, und er fiel bewusstlos auf den Boden. Ich schrie auf und versuchte, zu ihm hin zu eilen, doch Lucas kalter Griff hielt mich zurück.

»Ich denke, es ist an der Zeit, mir zu holen, was ich von dir haben will. Es ist schon genügend Zeit vergangen. Findest du nicht, mein kleiner Zweig?«

Kapitel 37: Derek

Was habe ich getan? Nach der Art und Weise, wie ich mich verhalten habe, hätte ich sie auch genauso gut gleich auf einem Silbertablett an den Jungen ausliefern können.

Von dem Moment an, in dem ich Sofia zitternd in meinem Bett zurückgelassen hatte, hatte ich nichts anderes getan, als mich für mein Verhalten selbst zu schelten. Ich konnte es nicht glauben. Ich hatte sie tatsächlich beschuldigt, mit Lucas zusammen zu sein, von dem ich sicher war, dass er sie während der letzten Wochen gequält hatte — nur aufgrund meiner Eifersucht auf diesen *Freund.*

Ich ging in der Hoffnung durch den Wald, meine Gedanken ordnen zu können, hatte jedoch keinerlei Erfolg.

Wenn überhaupt, war ich verwirrter als je zuvor. Mein Spaziergang machte mich nur paranoid, und ich begann, mich zu fragen, was für ein Anblick mich bei meiner Rückkehr erwarten könnte. Ich bereitete mich darauf vor, mich davon abzuhalten, jemandem den Kopf abzureißen, für den Fall, dass ich Sofia mit diesem Freund im Bett vorfand.

Reiß dich zusammen, Derek, sagte ich wieder und wieder zu mir selbst. Ich war irrational. Sofia hatte gesagt, dieser Junge sei ihr bester Freund. *Glaub ihr einfach!*

Dann erinnerte ich mich daran, wie sie ihn angeschaut hatte — und ich mir sicher war, dass sie mich noch nie auf diese Weise angesehen hatte — und meine Paranoia setzte aufs Neue ein.

Nie im Leben ist dieser Junge nur ein Freund.

Ich kehrte erst in den Pavillon zurück, als ich das Gefühl hatte, ich sei auf den schlimmstmöglichen Anblick vorbereitet, der sich mir bei meiner Ankunft im Penthouse bieten könnte, doch nichts hätte mich auf das vorbereiten können, was ich vorfand.

Bei meinem Eintritt sah ich Sam und Kyle auf dem Boden im Wohnzimmer aus ihrer Bewusstlosigkeit erwachten.

»Sonnen… raum«, war alles, was Sam über die Lippen brachte. »Ben ist… auch… dort.«

Mir zog sich der Magen zusammen. Ich fühlte mich betrogen, dass Sofia mit irgendeinem anderen außer mir den

Sonnenraum betreten würde. Ich stellte meine Eifersucht zur Seite. Irgendetwas stimmte ganz und gar nicht, und ich musste klar denken können.

Als ich das Zimmer erreichte, erstarrte ich. Ben lag bewusstlos auf dem Boden, und Sofia wimmerte, während sie vergeblich versuchte, meinen Bruder von sich wegzustoßen.

Lucas hielt sie mit seinem nackten Oberkörper gegen die Wand gepresst. Seine Zähne versanken in ihrem Hals, während seine freien Hände ihren Körper begrapschten. Er zitterte, als er sich an ihrer nackten Haut labte und gierig ihr Blut trank.

Ich verlor die Kontrolle und griff meinen Bruder an, wobei ich einen großen Riss in der Wand verursachte, als ich ihn dagegen schleuderte.

Lucas hatte tatsächlich den Nerv zu lachen. Ich schlug mit solcher Kraft auf sein Gesicht ein, dass ich fast erwartete, ihm den Hals zu brechen, als ich sah, wie sein Kopf zur Seite geschleudert wurde.

Ich war mir sicher, er hatte den Verstand verloren. Doch ich irrte mich. Er wusste genau, was er tat.

»Ich kann sie dir nicht überlassen, Bruder«, fauchte er mich an. »In dem Moment, in dem sie vollkommen dir gehört, werde ich alles verlieren.«

Ich verstand nicht, wovon er sprach. Ich wollte es auch nicht. Ich wollte ihn einfach nur besiegen und diese bittere

Rivalität beenden, die wir schon seit so vielen Jahren empfanden. Ich war sehr viel stärker als er, und seine Bemühungen, von mir wegzukommen, halfen ihm nicht. Ich zog den hölzernen Pfahl hervor, den ich stets bei mir trug.

»Ist das *der* hölzerne Pfahl? Der gleiche, den du während all deiner Jahre als Jäger benutzt hast?« Lucas zeigte keine Angst. Er kannte mich gut genug, um zu wissen, wie wichtig mir meine Familie war, doch er unterschätzte gewaltig, wie kostbar Sofia für mich geworden war. Nach all der Zeit, die ich damit verbracht hatte abzuwägen, wer mir mehr bedeutete — mein Bruder oder Sofia — war die Situation für mich in diesem Moment sonnenklar: Ich würde den Pfahl in sein Herz hineinstoßen, um die Frau zu beschützen, die ich liebte.

Diese Erkenntnis ließ mich zusammenzucken. Die Frau, die ich liebte. Genau das sah ich in Sofia. Nun, da Lucas ihr Blut gekostet hatte, würde er zu einer noch größeren Bedrohung für sie werden.

Ich hob den Pfahl an und zielte damit auf das Herz meines Bruders.

Das einfältige Grinsen auf seinem Gesicht verschwand, als ihm klar wurde, dass ich die feste Absicht hatte, ihn zu töten. Er war zu weit gegangen. Er kauerte sich verängstigt zusammen, als ich dazu ansetzte, ihn zu erstechen. Erleichterung breitete sich auf seinem Gesicht aus, als jemand ihn verteidigte.

»Derek, nein«, rief Sofia.

»Du bist mit ihm nicht sicher«, sagte ich mit zusammengepressten Zähnen.

»Das war ich auch vorher nicht«, keuchte sie.

An ihrer Art zu sprechen konnte ich erkennen, dass sie hin- und hergerissen war und wahrscheinlich überlegte, ob sie mich davon abhalten sollte, den Pfahl in Lucas Herz hineinzustoßen.

»Warum sollte er dann leben? Er muss sterben!«

Sofias Antwort erinnerte mich daran, warum ich sie so anhimmelte.

»Wenn du deinen eigenen Bruder tötest, Derek, könntest du vielleicht niemals in der Lage sein, mir zu vergeben. Oder schlimmer als das, du könntest vielleicht niemals in der Lage sein, dir selbst zu vergeben.«

Sie kannte mich — alle Seiten an mir — doch sie behandelte mich niemals wie eine Kreatur der Dunkelheit. Wenn sie mich anschaute, sah sie jemanden, der immer noch ein Licht in sich trug.

Ich ließ den Pfahl fallen und lockerte meinen Griff um meinen Bruder. Er verlor keine Zeit, das auszunutzen, was er wahrscheinlich als einen vorübergehenden Verlust meiner Zurechnungsfähigkeit ansah, und eilte aus dem Zimmer. *Er hat sich überhaupt nicht verändert.* Lucas war ein Feigling und ein Tyrann. Er versuchte niemals, denjenigen die Stirn zu bieten, die mächtiger waren als er, doch er erfreute sich daran, die Schwachen zu unterdrücken.

Aus dem Grund war ich mir sicher, dass Sofia sich niemals in Sicherheit befinden würde, solange sie sich im Schattenreich aufhielt.

Lucas würde sie wie ein Tier verfolgen und jagen. Er würde nicht aufgeben, bis er ihrer überdrüssig geworden wäre. Es sei denn, ich tötete ihn.

Ich zuckte zusammen, als ihre weiche Hand über meinen Arm strich. Ich drehte mich herum und zwang mich, sie anzuschauen. Sie warf die Fetzen ihres Nachtgewandes über sich und versuchte, sich damit zu bedecken. Umgehend riss ich mir das Hemd vom Leib und zog es über ihren Kopf. Noch einmal schnitt ich mir in die Handfläche und ließ sie von meinem Blut trinken. In dem Moment bemerkte ich, dass ihr Freund bereits erwacht war und uns — ganz besonders mich — misstrauisch beobachtete.

Ich ignorierte ihn und wartete darauf, dass Sofias Wunden verheilten, wobei mein Blick sich im Besonderen auf die Bissspuren an ihrem Nacken konzentrierte.

»Es tut mir so leid, Sofia. Ich habe dich schon wieder im Stich gelassen.«

Sie sah nach diesem Angriff blass und schwach aus.

»Sofia, hat er…« Meine Stimme versagte. Ich konnte die

Worte weder laut aussprechen noch ihr in die Augen schauen.

Sie schüttelte ihren Kopf.

»Nein, das hat er nicht«, versicherte sie mir.

Ich konnte jedoch sehen, dass er alles andere getan hatte. Es machte mich krank, dass ich mit so einem Monster verwandt war.

»Du muss von hier weg, Sofia.«

Zuerst sah ich Betroffenheit in ihren Augen und dann Verwirrung.

»Was meinst du damit?«

»Ich werde dir gestatten, das Schattenreich zu verlassen.«

Ich werde dir gestatten, mich zu verlassen, war das, was ich eigentlich sagen wollte.

Ich wollte, dass sie mir versicherte, dass sie lieber bleiben würde und dass sie darauf vertraute, dass ich sie beschützte.

Stattdessen umarmte sie mich und sagte: »Danke.«

Kapitel 38: Sofia

Ich wollte die Mädchen mit mir nehmen, doch davon wollte Derek nichts hören. Eigentlich schaute er mich nicht einmal mehr an. Doch er sah zu Ben und sagte: »Beschütze sie!«

Ben blickte ihn nur ausdruckslos an, als wollte er ihm versichern, dass es nicht nötig sei, ihm das zu sagen. Ben hasste Derek und sah keinen Grund darin, dankbar für das zu sein, was er für uns tat.

Ich sah das anders. Ich wusste, wie viel Derek riskierte, indem er uns half zu entkommen. Er setzte die Sicherheit von allen anderen im Schattenreich aufs Spiel. Er gab seiner Art einen Grund, seine Herrschaft infrage zu stellen. Ich machte mir Sorgen um ihn — sogar so sehr, dass ich merkte, wie ich darüber nachdachte, ob ich überhaupt gehen wollte.

Was er als nächstes zu Ben sagte, zerriss mir das Herz.

»Sorg dafür, dass sie sicher nach Hause kommt!«

Nach Hause.

Ich hatte zu ihm gesagt, dass er begonnen hatte, sich wie mein Zuhause anzufühlen, und in dem Moment wusste ich, dass ich mir selbst etwas vormachte, wenn ich versuchte, mich davon zu überzeugen, dass ich zurück nach Hause gehen würde, wenn ich das Schattenreich verließe. Zu dem Zeitpunkt war ich mir nicht mehr sicher, wo mein Zuhause war, doch das änderte nicht die Tatsache, dass sowohl mein als auch Bens Leben sich hier in großer Gefahr befanden. Meines aufgrund von Lucas Entschlossenheit, mich zu besitzen, und Bens aufgrund seiner Verbindung zu mir… und Claudia.

Also würden wir fliehen.

Derek kannte das Schattenreich gut. Er wusste, wohin er gehen und was er tun musste, um im Verborgenen zu bleiben. Wenn man bedachte, dass Corrine ihm bereits von meinem LLI erzählt hatte, war das ebenfalls ein Risiko — ich würde mich an jede Einzelheit meiner Flucht erinnern. Das bedeutete, sollte ich jemals ins Schattenreich zurückkehren, wäre mir der Weg in die Freiheit bestens vertraut, selbst in der Dunkelheit.

Mit jedem Schritt, der mich näher an den Hafen

heranbrachte, wo Derek bereits eine Überfahrt für uns organisiert hatte, um an den Strand zurückzukehren, von dem wir entführt worden waren, wurde mir klar, wie sehr ich hierbleiben wollte. Nicht weil ich einen besonderen Platz in meinem Herzen für das Schattenreich gefunden hatte, sondern weil ich nicht ohne Derek sein wollte.

Ich hasste es, dass er mich nicht einmal anschaute. Als der Hafen in Sicht kam, hatte ich genug. Ben hielt meine Hand, während Derek hinter uns ging und darauf achtete, dass uns niemand folgte. Ich hielt an und hoffte, dass Derek mit mir zusammenstoßen würde. Er tat es nicht. Wie immer war er sich all meiner Bewegungen nur allzu bewusst.

Ben zog an meiner Hand. Er machte ein langes Gesicht, als ich mich aus seinem Griff löste.

»Ich muss mit Derek sprechen«, war die einzige Erklärung, die ich ihm gab.

Ben sah nicht allzu glücklich aus, doch er nickte und funkelte Derek an, bevor er weiterging — bis er sich in sicherer Entfernung von uns aufhielt.

Ich drehte mich herum, um Derek anzuschauen. Ich wollte, dass er meinen Blick erwiderte. Doch er schaute weg.

»Sei nicht so, Derek!«

»Wie so?«

»Distanziert.«

»Warum nicht? Genauso wirst du dich auch verhalten,

wenn du das Schattenreich erst einmal verlassen hast.«

Mir wurde zum ersten Mal klar, dass wir für immer voneinander Abschied nehmen würden, sobald ich gegangen war. Ich konnte ja nicht einfach ins Internet gehen und mich mit Hilfe einer Webcam mit ihm unterhalten.

»Das ist genau der Grund, warum ich das hier nicht ertragen kann, Derek.« Ich unterdrückte einen Schluchzer. »Wir haben zu viel zusammen erlebt. Ich würde gern glauben, dass wir uns inzwischen sehr viel bedeuten.«

Das war eine schmerzhafte Untertreibung. Und es gefiel mir nicht, wie formell ich klang. In dem Moment fühlte es sich so an, als wäre er mein Ein und Alles, und ich wünschte mir von ganzem Herzen, dass er das Gleiche empfand. Ich bemühte mich sehr, meine Tränen zu unterdrücken, als ich mit meinem Versuch fortfuhr, laut auszusprechen, was mich innerlich auffraß.

»Sich auf diese Weise zu trennen… kaum miteinander zu sprechen, sich kaum anzuschauen… Ich weiß nicht, wie ich damit umgehen soll. Ich ertrage es nicht.«

Ich schluckte schwer, bevor ich die Worte aussprechen konnte, die mich für immer verfolgen würden.

Ich liebe dich zu sehr, um alles in dieser Schwebe zu lassen.

Mir lief ein Schauer den Rücken herunter, als er nach mir griff, wobei seine Finger meine Wange streichelten und durch mein Haar glitten. Bevor ich überhaupt verstehen konnte, was geschah, pressten sich seine Lippen auf meine — hungrig, leidenschaftlich, fordernd. Seine Zunge drückte sich zwischen meine Lippen. Gierig, erforschend, kostend. Ich merkte, wie ich mich unter seiner Berührung anspannte, bevor ich in ihr versank. Ich wollte das. Ich war genauso gierig wie er, genauso leidenschaftlich. Es erschütterte mich zu erkennen, wie sehr ich *es* wollte, wie sehr ich *ihn* wollte. Jede Sekunde, die dieser Kuss andauerte, ließ die Wahrheit deutlicher werden.

Ich hatte bereits aufgehört, an ein Leben ohne Derek Novak zu denken.

Als unsere Lippen sich trennten, schnappte ich nach Luft, doch verlangte nach mehr. Er hielt mich fest. Ich spürte sein Bedürfnis, sein Verlangen danach, dass ich bliebe, als er mir ins Ohr flüsterte:

»Du möchtest nicht gehen.«

Bei dieser Aussage brach ich in Tränen aus. Er hatte Recht. Ob es mir nun gefiel oder nicht, mein Zuhause war zu dem Ort geworden, an dem Derek Novak sich aufhielt.

Kapitel 39: Vivienne

Ich wurde in dem Moment aus dem Schlaf gerissen, als ihre Lippen sich berührten. Ich ergriff die Laken meines Bettes, als ein Zittern meinen Körper erfasste. Ich konnte während meiner Vision flüchtige Blicke darauf werfen. Wie Derek und seine geliebte Sofia diesen Kuss miteinander erlebten… Es war der Kuss, der unser Schicksal besiegelte. Das Spiel hatte gerade erst begonnen. Mein inneres Auge begann, sich mit einem Schwall widersprüchlicher Vorahnungen dessen, was noch kommen möge, zu füllen. Alle waren verwirrend. Alle waren beunruhigend.

Weder Derek noch Sofia hatten eine Ahnung, was sie erwarten würde. Doch um die Wahrheit zu sagen, verstand ich es auch nicht ganz.

Angst vor dem, was uns erwartete, stieg tief in mir auf. Ich spürte Lucas Verbitterung und meines Vaters innere Zerrissenheit zwischen seiner Liebe für Derek und seiner Liebe für Macht. Ich spürte die wachsende Stärke der Jäger. Doch mehr als alles andere spürte ich die Intensität der Emotionen, die Derek für Sofia empfand.

Unbewusst hatte mein Bruder seine Gefährtin erwählt. Das Einzige, was ihr noch blieb, war zu beweisen, dass sie dieser Position würdig war.

Ich hatte niemals mehr Unsicherheit über das verspürt, was die Zukunft versprach, wie in diesem Augenblick. Doch eines wusste ich mit Sicherheit:

Es würde Blut fließen.

Liebe Leserinnen und Leser,

wenn Ihr stets über meine neuesten Veröffentlichungen informiert werden möchtet, dann tragt Euch in meiner VIP-Liste ein! Geht zu **www.bellaforrest.de**, tragt Eure E-Mail-Adresse ein, und Ihr werdet die Ersten sein, die es erfahren, wenn ein neues Buch herauskommt.

Mit den besten Grüßen
Bella

PS: Und vergesst nicht, auch mal auf Facebook vorbeizuschauen! Ich würde mich freuen, euch persönlich kennenzulernen.
www.facebook.com/AShadeOfVampire

PPS: Ihr könnt mich ebenfalls auf Twitter: @ashadeofvampire
und Instagram finden: @ashadeofvampire

Printed by BoD™in Norderstedt, Germany

9 781947 607149